마흔에게

일러두기
이 책은 《좋다고 하니까 나도 좋다》(2019)의 개정증보판입니다.

마흔에게

나태주 산문

B 북폴리오

마흔에게도 어른이 필요합니다

나의 아버지는 웃는 상입니다. 영상에서도 미소 짓고 있지만 집 안에서도 똑같은 표정을 하고 있습니다. 유명하고 성공해서 웃는 사람이 되었을까요. 결코 아닙니다. 인생은 아버지에게 즐거움보다 괴로움을 더 많이 주었으니까요.

나는 아버지의 40대를 기억합니다. 마흔 즈음의 아버지는 잘 웃지 않았습니다. 아버지는 밤새 몸부림치며 흐느꼈습니다. 어린 나는 아픈 아버지가 가여워서 노래를 불러주곤 했습니다. 마흔 즈음의 아버지는 멜빵바지 차림으로 출근했습니다. 수술한 배가 아파서 허리띠를 맬 수 없었거든요. 젊은 아버지는 자신과 가족이라는 수레를 끄는 노새 같았습니다. 나는 그 수레 위에 앉아 있었기 때문에 아버지를 동정하고 사랑했습니다.

세상은 아버지의 편이 아니었습니다. 누구도 도와주지 않았습니다. 꿈을 품는 것도 사치였습니다. 그럼에도 불구하고 아버지는 절망으로 잠들었다가 희망으로 깨었습니다. 모든 나날이 그랬습니다. 내일은 오늘보다 조금 나을 거라는 희망을 마치 간절한 종교처럼 믿었습니다.

당신이 나태주 시인의 미소에서, 그의 시에서 위로를 받는다면 시인이 고달픈 인생 끝에서 웃고 있다는 것을 알기 때문입니다. 아버지는 모든 인생의 대부분이 괴롭고 고달프다는 것을 알고도 인생을 사랑했습니다. 우리에게도 이 사랑의 선택이 필요합니다.

나는 이제 마흔 중반을 넘겼습니다. "아버지, 나 죽을 만큼 힘들어요."라고 전화한 적이 있습니다. 그때 아버지는 "조금 더 살아봐."라고 말해주셨죠. 그래서 계속 조금씩 더 살고 있습니다. 인생이 버거운 당신, 오늘이 힘들어도 조금 더 삽시다. 우리, 같이, 더 삽시다. 절망으로 잠들어도 희망으로 눈을 뜹시다. 나는 아버지를 신뢰하기 때문에 인생을 더 사랑하기로 했습니다.

마흔에게 가장 필요한 것은 투자금도 아니고 술친구도 아닙니다. 우리에게는 어른이 필요합니다. 어른이 된 우리보다 더 어른 된 사람이 필요합니다. 나는 아버지를 때로 아버지가 아닌 어른으로 생각하고 그의 말에 귀를 기울입니다. 우리보다 먼저 산 어른이, 인생은 참 고달프지만 결국 미소로 끝날 수 있다고 말해주어 기쁩니다. 내가 가장 믿고 싶은 격려의 말이 이 책에 있습니다. 마지막에는 우리도 웃는 어른이 되길 바랍니다.

나민애 서울대학교 기초교육원 교수, 나태주 시인의 딸

여든의 나이에

올해는 내가 만 80살 나이가 되는 해다. 언제 이렇게 많은 날들이 나를 스쳐 지나갔나 뒤를 돌아보며 놀라게 된다. 80, 여든 살은 참 많은 나이다. 그러니 자꾸만 나이 타령이 나온다. 잠시 용서하시기를 바란다. 그래, 내가 이제 여든이야. 앞으로 보이는 풍경보다는 뒤로 보이는 풍경이 더 많은 나이란 말이지.

공자님 같은 성인도 나이에 대해서 말씀을 많이 하셨는데 70세까지만 얘기하셨지 80세나 90세에 대해서는 말씀하지 않으셨다. 왜인가? 당신이 71세까지만 사셨기 때문이다. 그러므로 80세에 대한 경험과 감회가 없으셨다. 그래서 당신 나이 70세를 '종심소욕 불유구(從心所欲 不踰矩), 하고 싶은 대로 하여도 법도를 어기지 않는다'고 표현하셨다.

'하고 싶은 대로 하여도 법도에 어긋나지 않는다'니? 이야말로 공자님 같은 성인이나 그렇게 하는 것이지 나와 같은 평범하다 못해 아둔하기까지 한 인간은 절대로 그렇게 하지 못한다. 80살이 되었는데도 여전히 두리번거리고 마음이 안정되지 않아 가슴이 두근거리니 이를 어찌하면 좋으리요!

뒤를 돌아본다. 10대, 철없이 좋기만 하던 나이. 20대, 꿈꾸고 헤매던 나이. 30대, 겨우 사람다운 사람으로 살고 싶었던 나이. 40대, 되는 일도 없고 안 되는 일도 없이 고달프기만 하던 나이. 50대, 겨우 눈가에 몰린 피가 걷히고 숨결이 고요해지기 시작한 나이. 60대, 슬그머니 회의가 들고 지치고 두려워지는 나이. 70대, 세상 풍경이 순해 보이고 내 인생도 맑게 보이던 나이. 그리고는, 이제 80대 초입이다.

그 절반 지점 40대를 다시 돌아본다. 정리해놓은 문학 연보를 뒤져보니 내가 40살이 되던 해는 1985년. 그해에 근무

하던 학교를 옮겼고 뒤늦게 시작한 공부로 방송통신대학 학사과정을 졸업하고 충남대학교 교육대학원에 입학했고 초등학교 교감 자격증을 얻었다. 더구나 그 전해에 신장결석으로 전신마취 수술까지 받았다. 그야말로 삼중, 사중으로 어렵고 어렵던 시절이었다.

그러면 가정형편은 어땠나? 아내는 앓는 사람이었고 아이들은 아직 어려 초등학교 학생이었고 고향에는 부모님이 계시어 달마다 얼마큼의 용돈을 꼬박꼬박 보내드려야만 하는 형편이었다. 돈벌이하는 사람은 오직 나 한 사람. 그것도 박봉의 초등학교 평교사. 정말로 삶이라는 것이 손에서 쥐었다 놓을 수만 있는 것이라면 기꺼이 놓고 싶었다.

숨이 턱에 닿았다. 순간순간이 견디기 어려웠다. 1인 3역, 4역이었으니 당연했던 일. 그런데 아무것도 포기해서는 안 되는 일이었고 소홀히 해서는 안 되는 일들이었다. 진퇴양난, 다만 짐을 가득 실은 수레를 끄는 소의 심정으로 한 발 한 발, 앞으로 발자국을 옮기면서 어깨가 아프고 허리가 결리고 다리가 후들거렸다. 내 생애 가운데 가장 고달팠던 시절이라면 바로 그 40대 시절이다.

오늘날 마흔 즈음의 젊은 분들은 어떠신가? 물론 옛날의 나처럼 고달프고 힘겹지는 않겠지만 자기 인생의 전환기라는 생각이 없지는 않을 것이다. 분명히 이전의 삶과 이후의 삶이 달라질 것 같은 예감이 드는 건 여전하리라. 그러하다. 인생의 전환점이다. 다른 말로 표현하면 터닝포인트다. 어찌하면 좋을까? 우선은 당황하면 안 되고 포기하면 안 되고 지금까지 해오던 일을 멈추면 안 된다.

느리더라도 조금씩 앞으로 나아가야 한다. 억지로라도 의

연해지려고 노력해야 한다. 몇 해만 지나면 안경을 써야 하리라. 그냥 안경이 아니고 돋보기안경이다. 그렇더라도 정말로 당황하고 크게 흔들리면 안 된다. 그런 마음을 지그시 누르고 숨을 크게 들이쉬고 내쉬면서 일부러라도 여유를 찾으려고 노력해야 한다. 그리고 자신의 저력을 믿고 그래, 해보자, 어떻게든 뚫고 나가지겠지, 좋아지겠지, 분명하지는 않겠지만 미래에 대한 소망의 끈을 놓지 말아야 한다.

이런 나의 말이 지나치게 고지식하고 고전적이고 편파적으로 들리는가? 그럴지도 모른다. 오늘날의 마흔은 우리 시대의 마흔과는 시대적 배경, 물리적 조건 그 모든 것이 완전히 다른 상황일 것이다. 그래도 많은 날들 살아오면서 보고 듣고 느낀 것들을 이 책에 적어 인생의 터닝포인트에 선 젊은 당신들에게 주려고 그런다. 사소한 이야기들이다. 이제는 멀리 지나온 사람의 말이니 그러려니 미루어 알아듣고 참고 사항으로 삼았으면 좋겠다. 그러하다. 이 책,《마흔에게》는 그런 의도로 만들어진 책이다. 그것도 마흔 살이 되어가는 에디터가 자기네 또래의 사람들을 생각하면서 편집한 책이다. 부디 도움이 되었으면 좋겠다.

2025년 신춘,
나태주 씁니다.

차례

1부

마흔,
어린 시절 꿈꾸었던 나를
만나러 가는 길

2부

작은 것, 오래된 것,
흔한 것이 모두
풀꽃이다

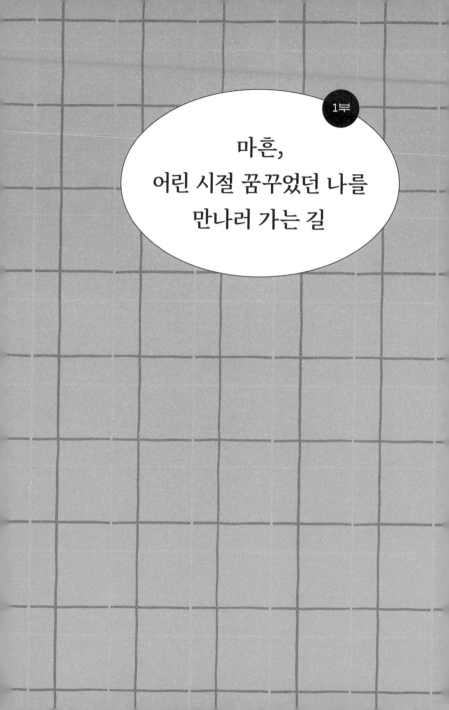

1부

마흔,
어린 시절 꿈꾸었던 나를
만나러 가는 길

고칠 수 있는 인생

　　책을 내는 사람으로서 난감한 때가 있다. 책에 오류가 많을 때다. 그것도 한두 군데가 아니고 꽤 많은 부분에서 오류가 발견될 때다. 가슴이 철렁 내려앉는다. 당장 고쳤으면 좋겠는데 그것이 천 권 이상이라는 데에 또다시 막막한 심정이 된다. 가장 좋은 방법은 출판사에서 책을 또 찍는 것이다. 물론 처음 찍은 책이 팔리고 난 다음의 일이다.

　　어쨌든 좋다. 문제는 고친다는 점이다. 오류가 발견되었을 때 고칠 수 있다면 그것은 다행스러운 일이고 고마운 일이다. 세상만사 일이 그렇다. 정말로 글을 쓰고 교정을 볼 때는 나름대로 최선을 다했을 것이다. 눈을 부릅뜨고 활자를 들여다보고 또 그랬을 것이다.

　　그런데 거기에서도 오류가 있다는 것이다. 그러니까 최선

속에서도 잘못이 있었다는 이야기다. 이는 우리네 인생살이에서도 마찬가지다. 지금껏 우리는 얼마나 열심히 자기 인생을 살았던가? 나름의 최선을 다한 날들이었다. 그런데 그 열심과 최선 속에도 오류가 있고 결정적인 후회가 있을 수 있다는 것!

거기에 절망이 있고 후회스러움이 있다. 정말로 인생을 책처럼 2쇄, 3쇄, 하면서 고칠 수만 있다면 얼마나 좋을까? 그런 관점에서 우리는 좀 인생을 멀리 살 필요가 있다. 장수하는 인생이면 좋겠고 반성하는 인생이면 좋겠고 고쳐서 사는 인생이라면 더욱 좋겠다.

실상 나는 나 자신이 여든까지 살 것이라고는 짐작하지 못했다. 맥시멈으로 쉰쯤으로 보았던 나다. 그런데 이렇게 되고 말았다. 어쨌든 오래 사는 인생으로서 생각해보자. 인생을 오래 산다는 것은 축복이고 하나의 기회다. 젊은 시절 잘못 판단했거나 잘못 산 인생을 고칠 수 있다면 얼마나 좋을까?

고쳐서 살고 싶다. 우리 집 아이들 어린 시절 내가 그들에게 잘못한 일이 태산 같다. 그때는 그것이 최선인 줄 알았는데 지금 와 보니 그게 아니라는 데에 절망감이 따른다. 깡그리 소급 적용할 수는 없겠지만 지금이라도 부모로서 아이들에게 잘해주고 싶다.

아이들을 기를 때 '낳아주고 길러주고 가르쳐주고'만 있는 줄 알았는데 거기에 더하여 '기다려주고 참아주고 져주고'가 더 있다는 걸 안 것은 최근의 일이다. 아, 그러고 보니 그때 나의 아버지가 그렇게 하신 것이 나한테 져주신 일이었구나!

지금 내가 아이들에게 할 수 있는 일은 '기다려주고 참아주고 져주는' 일이다. 가능한 대로 그렇게 많이 하고 싶다. 그래서 내가 세상에 없는 날 나의 아이들이 나를 좋은 아버지는 아니지만 보통의 아버지 정도로 생각해주었으면 하는 바람이다. 그러기 위해서는 또 아이들한테 내가 보다 많이 용서를 받아야 한다.

누군가를 용서하기 위해서는 먼저 그 사람을 이해해야 한다. 그리고 그 사람의 입장에 서보아야 한다. 내가 저였다면 어찌했을까, 역지사지(易地思之)가 있어야 한다. 아이들이 나를 이해하고 나의 입장에 서기 위해서는 나 자신도 아이들에게 또한 기회를 주어야 한다. 기다림이 필요하고 시간이 필요하다. 아내에게 이해받는 남편이 되는 것은 더 먼저의 일이다.

날마다 나는 두 가지 생활신조로 세상을 살고 있다. 첫째가 밥 안 얻어먹기, 둘째가 욕 안 얻어먹기다. 그 두 가지만 제대로 실천할 수 있어도 나의 하루하루 인생은 비교적 덜 후회스럽고 덜 부끄러운 인생이 되리라고 생각한다. 나이 들어가는 사람이 밥과 욕을 얻어먹는다는 것은 그 인생은 이미 실패했다는 것을 의미한다. 참 어렵고 어려운 것이 인생이다.

인생의 성공

사람들이 살면서 꿈꾸는 것 가운데 하나는 인생의 성공이다. 어떻게 하면 성공한 사람이 되고 성공적인 인생을 사느냐 하는 문제는 어린 사람이고 어른이고 할 것 없이 최대의 관심사다. 나아가 삶의 목표다. 그래서 간혹 주변에서 성공한 사람이라는 평판을 듣는 인물들을 본다.

그 사람의 무엇이 다른 사람들로부터 성공한 사람이라는 평가를 얻어냈을까? 대개는 현실적인 조건들이다. 돈, 명성, 지위, 권력. 그런 것들이 성공의 잣대가 된다. 그러나 과연 그럴까. 그것이 정말로 성공의 조건일까. 일단은 그렇다 치자.

시간을 길게 두고 보면 그런 것들은 쉽게 변하고 쉽게 무너지고는 한다. 쌓아 올린 공적이 높으면 높을수록 더욱 빠르게 무참하게 무너지는 것을 본다. 말하자면 모래밭 위에 지은 누각 같은 것이다. 애당초 그들의 성공이 허장성세였기 때문이고 저 혼자만의 잔치였고 자기만을 위한 것이었기 때문이다.

그렇다면 진정한 성공이란 어떤 것일까? 주변 사람들의 항구적인 인정이 있어야 할 것이다. 자신의 안일만을 위한 것이 아니라 세상 사람들에게 도움을 주는 성공이어야 할 것이다.

우리는 지나치게 겉치레에 관심을 두는 경향이 있다. 포장만 번드레하면 내용은 묻지도 않고 그대로 믿어주는 것이 있다. 외면 지향이다. 겉도 중요하지만 보다 중요한 것은 내용이다. 바로 내면의 가치다. 향을 싼 종이는 아무리 허술해도 끝내는 향냄새가 나도록 되어 있다.

나는 개인적으로 인간의 성공을 이렇게 생각한다. 성공한 인생이란 어린 시절에 자기가 되고 싶다고 꿈꾼 자기 자신을 노년에 이르러 만나는 사람이다. 생각해보라. 우리는 10대 시절에 어떤 사람이 되기를 꿈꾸었는가. 나름대로 최선의 사람, 최상의 사람을 꿈꾸었을 것이다.

그런데 어른이 되어서 어찌 되었는가. 10대에 꿈꾼 자기는 저만큼 잊어버린 채 엉뚱한 삶에 매달려 허둥지둥 살아오지 않았는가. 삶의 형편과 조건이 그래서 어쩔 수 없었다고 말할 수도 있다. 그렇지만 다시금 물어야 한다. 그렇다면 당신은 어린 시절 자신의 꿈을 위해 어떤 노력을 했는가.

여기에 나는 한 가지를 더 보태고 싶다. 우리가 진정으로 행복했던 시간을 돌아보면 자기가 좋아하는 일을 하고 자기가 잘하는 일을 하면서 살았던 시간이다. 그래서 나는 고쳐서 말하고 싶다. 진정으로 성공한 사람이란 자기가 좋아하는 일, 잘하는 일을 하면서 어린 시절에 자기가 꿈꾸었던 자기를 나이 들어가면서 조금씩 만나는 사람이라고.

성공이 먼저가 아니고 가치가 먼저다. 가치가 있는 삶이면 성공은 저절로 따라오도록 되어 있다. 나도 실은 지금 그 사람, 내가 어려서 꿈꾸었던 나 자신을 만나러 가는 중이다.

지금은 좋은 때

아주 오래전 어느 가을날이다. 가을날이라도 깊은 가을날. 아내를 부추겨 마을 산행길에 오르자고 했다. 산행이라고는 하지만 그냥 산책과 같이 가볍게 동네 뒷산을 오르는 일이다. 그때만 해도 아내는 그런 일을 별로 좋아하지 않았다. 아마도 시간 낭비라고 생각했던 것 같다.

언제나 끝까지는 나의 청을 거절하지 않는 아내가 마지못해 따라나섰다. 우리의 발걸음은 동네 사람들이 '남산절'이라고 부르는 곳으로 향했다. 남산절은 나지막한 산 중턱에 제비집처럼 붙어 있는 조그만 암자. 스님이 살아야 하는 곳인데 늙은 무당 내외가 살고 있는 절이다.

오르막길을 올라 조금은 숨 가쁘게 절에 도달했다. 저만큼 보니 마당에 두 노인이 앉아 있다. 바닥에 콩을 베어다 깔아

마흔, 어린 시절 꿈꾸었던 나를 만나러 가는 길

놓고 막대기로 두드리는 걸 보니 콩 타작을 하는 모양이다. 노인들이 막대기를 휘두를 때마다 콩알들이 타닥타닥 튀어 올라 마당가에 흩어진다.

우리의 발걸음은 그 노인들이 콩 타작을 하는 마당을 가로질러서 가도록 되어 있었다. 아내와 나는 그 마당을 질러가는 것이 미안해서 가장자리만 골라 딛으며 지나갔다. 발길이 저절로 조심스러웠을 것이다.

"콩 타작을 하고 계시는군요."

말하기 좋아하는 내가 그런 말로 허드레 인사를 했을지도 모른다.

"좋은 때들이시구려."

남자 노인의 입에서 나온 말이다. 전혀 뜻밖의 장소에서 뜻밖의 말을 들은 것이다. 아니, 우리더러 좋은 때라니? 게다가 지금은 늦은 가을날 해가 저무는 시각이 아닌가. 발길을 옮기며 나는 내내 속으로 생각을 되새김질했다.

아내가 새색시 시절, 시집와서 몇 달도 되지 않았을 때다. 아내는 시골집 우물에서 두레박으로 샘물을 퍼서 빨래를 하고 있었다. 겨울철. 그것도 고무장갑 같은 것도 없어 맨손으로

였다. 게다가 새댁이니 입어야 한다고 어른들이 말씀해서 초록 저고리 분홍치마를 차려입고 하는 손빨래다.

얼마나 거추장스럽고 불편하고 또 손이 시렸을까. 그런 모습을 보면서 이웃집에 사는 성운이 엄마가 대문 밖으로 지나가면서 한마디 던졌다.

"참 좋은 때구나."

새색시 손 시린 줄은 모르고 곱게 차려입은 꼬까옷이 거북살스러운 것은 짐작 못하고 좋은 때라니?

그렇다. 보는 사람 입장에서 보는 사람 생각과 느낌으로 그렇다고 생각하면 그런 것이다. 대부분의 사람들은 자기가 좋은 때를 살고 있다는 것을 모른다. 그 좋은 때가 지나가야만 그때가 좋은 때였음을 알게 된다. 안타까움이고 회한이고 아쉬움이다.

좋은 때가 언제인가? 바로 지금이다. 당신의 좋은 때는 언제인가? 바로 당신의 지금이다. 좋은 곳은 어디인가? 바로 당신이 지금 있는 그 장소다. 50대 중반의 늦은 가을날 저녁 무렵, 힘들어하는 아내를 부추겨 오른 남산절, 지나가는 우리 부부에게 그 절 마당에서 콩 타작을 하던 노인이 들려준 한

마디는 나에게 커다란 각성을 주었다.

언제나 우리는 좋은 때를 사는 것이다. 세상 끝날 때까지 좋은 때를 살 것이다.

왜 사는가

사람은 왜 사는가? 무엇을 바라고 무슨 목적으로 사는 가? 그것을 분명히 알고 답하는 사람은 그다지 많지 않을 것이다. 만약 누군가에게 당신은 왜 삽니까 물었을 때 '그냥 살아지니까 삽니다' 혹은 '죽지 못해서 삽니다'라고 답한다면 그것은 참 당황스러운 일이다. 그런데 중요한 것은 오늘날 많은 사람들이 그렇게 습관적으로 말하고 있고 스스로도 그렇게 믿고 있다는 것이다. 심각한 문제다.

자주 서울 나들이를 하면서 지하철을 탈 때가 있다. 지하철역에는 에스컬레이터가 있고 무빙워크가 있다. 서 있기만 해도 저절로 몸이 움직여지는 장치들이다. 에스컬레이터에서는 뛰거나 걷지 말라는 주의 방송도 흘러나온다. 그런데 무빙워크에서 가만히 서 있는 사람을 한 명도 볼 수가 없고 에스컬레

마흔, 어린 시절 꿈꾸었던 나를 만나러 가는 길

이터에서는 절반 정도가 걸어서 올라가거나 걸어서 내려간다.

무엇이 그리도 바빠서 그렇게 빠르게 걸어가는 것일까. 지금 우리는 자기가 어디로 가는지도 모르고 또 왜 가는지도 모르면서 한사코 가기만 하는 사람들이 아닐까. 한 번쯤은 발걸음을 멈추고 나는 왜 사는가, 나는 무엇을 위해서 사는가, 자기의 삶을 들여다보아야 한다.

사람은 왜 사는가, 무엇을 위해서 사는가. 그 답은 사람마다 다를 것이다. 사업을 하는 사람들은 돈 벌기 위해서라고 답할 것이고, 정치하는 사람들은 좋은 세상을 위해서라고 말하면서 내심으로는 권력을 잡기 위해서일 것이고, 종교인들은 신에게 헌신하기 위해서라거나 자기 수양이 목적일 것이다. 그야말로 천차만별로 답이 나올 것이다.

하지만 여기서 소중하고도 필요한 것은 보통 사람들의 답변이다. 특별하지 않은 사람들, 우리 주변에 있는 수많은 사람들, 나의 이웃들의 답변이 중요하다. 과연 그들의 삶의 목적은 무엇일까. 그들은 무엇을 위해 하루하루 힘든 노동에 몸을 바치고 순간순간 근심 걱정을 하면서 사는 것일까.

그 공통분모를 찾는다면 '행복'이 아닐까. 그런데 이 행복이란 것이 또 사람마다 기준이 다르고 그 실상이 모호한 것이 문제다. 행복이란 도대체 무엇일까. 우리가 어려서부터 알고 있는 카를 부세란 사람의 시,「산 너머 저쪽」에도 행복에 대한 내용이 나온다.

산 너머 언덕 너머 먼 하늘 밑

행복이 있다고 사람들은 말하네

아, 나도 친구 따라 찾아갔다가

눈물만 머금고 돌아왔다네

산 너머 언덕 너머 더욱 더 멀리

그래도 사람들은 말하네

행복이 있다고.

그렇다. 오래전부터 우리에게 행복은 당연히 먼 곳에 있는 그 무엇이다. 분명하지 않은 것이다. 이걸 어쩌나? 우리는 그렇게 행복을 원하면서도 행복을 마치 하늘에 뜬 무지개처럼 여기며 살았다. 여기에 우리들의 불행과 자가당착이 있지 않을까 싶다.

마흔, 어린 시절 꿈꾸었던 나를 만나러 가는 길

미리 쓰는 편지
― 아들과 딸에게

그동안 고마웠다. 너희가 나의 아들이고 딸인 것이 고마웠고 나보다 더 좋은 인생, 너그러운 인생을 사는 사람들이어서 고마웠다. 부디 나 없는 세상에서도 나를 너무 많이 생각하지 말고 너희 자식들 생각 많이 하고 너희들이 사는 세상을 더 많이 걱정하면서 살기 바란다.

실은 아비는 참으로 고마운 인생을 살았다고 생각한다. 어려운 시절, 빈농의 장남으로 태어나 외갓집 외할머니 슬하에서 어린 시절을 보내고 조금은 비뚤어진 성격으로 성장했지만 운 좋게도 교사가 되었고 시인이 되어서 두 가지 일을 함께 하면서 살았다고 생각한다.

무엇보다도 시인이 된 것이 좋았다. 모질고 삐딱한 성격이었지만 시를 만났기 때문에 모진 마음을 달랠 수 있었고 삐딱

한 성격을 바로 할 수 있어서 좋았다. 시는 나에게 필생의 스승이었고 동반자였고 어둑한 인생의 안내자였다. 나에게 좋은 일이 있었다면 오로지 시를 씀으로써 오는 것들이었다.

가운데서도 공주를 제2의 고향으로 삼아 살았던 것이 잘했다 싶다. 그러기에 공주에 나의 시 '풀꽃' 이름을 따서 문학관을 마련할 수 있어서 참으로 고맙고 감사한 일이었다. 풀꽃문학관은 내 삶의 모든 것이다. 나에게 좋은 것이 있고 기념할 만한 것이 있다면 그 모든 것들이 있어야 할 곳이 바로 풀꽃문학관이다.

나는 살아서나 죽어서나 개인이 아니고 공주의 사람이고 내가 남긴 작품이며 자취들은 공주의 것이다. 풀꽃문학관에 있는 그림 한 점, 책 한 권 함부로 내돌리지 말고 모두 공주에게 주고 공주의 것이 되도록 너희들이 힘쓰고 애써주기를 부탁한다.

실은 나는 한 번 죽었다가 살아난 사람 아니냐! 모든 사람들이 죽는다 그랬는데 운 좋게도 죽지 않고 살아서 아직도 이렇게 살아 있는 목숨인 것이 새삼 놀랍고 고맙고 감사한 마음이란다. 그러므로 나는 지금 두 번 사는 인생이다. 그러니 무슨 욕심이나 특별한 바람이 있겠니!

다만 삶의 순간순간이 고맙고 놀랍고 신기하고 새로울 뿐이란다. 그러하니 죽음의 날에도 나는 그저 모든 것에 감사하고 모든 사람들에게 고마운 마음을 갖기를 소망한다. 나 떠나는 날 맑은 날이고 따스한 봄날이면 좋겠다, 그런 구체적인 소망은 없다.

가능하다면 모든 것을 가볍게 내려놓고 떠나고 싶다. 원망이며 아쉬움 같은 것은 남기지 말아야 하겠지. 오히려 고마운 마음, 감사한 마음, 미안한 마음을 가져야 할 것이야. 그렇구나. 나는 책을 참 많이 낸 사람이니 그 점에 대해서 특별히 미안한 마음을 가져야 하겠구나.

나무에게 미안하고 나무 뒤에 있는 공기와 물과 햇빛과 바람에게 미안한 마음을 가져야 할 거야. 그러기에 나 자신 공기가 되고 물이 되고 바람과 햇빛이 되고, 차라리 한 그루 죄 없는 나무가 된다면 얼마나 좋을까. 그것이 나의 마지막 소망이 되었으면 좋겠다.

다만 한 가지 구체적인 부탁이 있다면 상가에 찾아오는 손님들에게 조의금은 받지 말아달라는 것이다. 내가 살면서 더러 보았는데 조의금을 받지 않는 상가가 참 깔끔하고 다녀오면서도 느낌이 좋더라. 엄마의 경우도 마찬가지지만 우리가 미리 알아서 상조보험을 마련해두었다는 걸 말해두고 싶다.

자 그럼 너희도 너희들 몫의 인생 잘 살다가 오너라. 너희들을 나의 아들과 딸로 만난 것에 대해서 다시 한번 감사하는 마음이란다. 먼저 간다. 뒷일을 잘 부탁하마.

내일은 없다

옛날 사람들이 남긴 좋은 말들을 들여다보면 일찍이 한 사람이 했던 말을 후세 사람이 다시 곱씹어 한 말들이 더러 있다. '오늘'에 대한 격언이 그렇다. '네가 헛되게 보낸 오늘은 어제 죽은 이가 그토록 갈망했던 내일이다.' 이것은 고대 그리스의 3대 비극작가 중 하나인 소포클레스가 한 말이고 '오늘이라는 날은 어제 죽은 사람이 그렇게도 살고 싶었던 하루다'라는 말은 미국 사람인 에머슨이 한 말이다.

시대가 다르고 처지도 다른 두 사람이지만 그 말 가운데 공통점은 오늘의 시간이 소중하다는 점이고 그런 오늘을 보다 열심히 잘 살아야 하지 않겠느냐는 충고가 배면에 깔려 있다는 점이다. 현명한 사람은 그렇다. 내일이나 더구나 어제에 목매달지 않고 오로지 현재인 오늘에 충실하면서 사는 사람이다. 그야말로 어제는 지나간 오늘일 뿐이고 내일은 아직 오지 않은 오늘일 뿐이다. 신의 영역인 것이다.

제법 오래전, 가까운 직원 중에 영이란 아가씨가 있었다. 영이에게 당시 나보다도 젊은 나이의 아버지가 있었는데, 아버지가 졸지에 세상을 떠나고 말았다. 곁에서 보기에 많이 안쓰럽고 가슴이 아팠다. 그 무엇으로도 도와줄 수 없었고 그 어떤 말로도 위로가 되지 않았다. 그때 내가 영이에게 자주 들려준 말이 이 말이다.

"영이야, 내일은 없는 거야. 우리에겐 오직 오늘이 있을 뿐이란다. 그러니 오늘을 열심히 살도록 하자."

그래서 그랬던가. 영이는 조금씩 상실과 절망의 늪에서 빠져나오기 시작했고, 나중에는 본래의 모습을 되찾아 씩씩하게 살아가는 사람이 되었다. 반갑고도 고마운 일이 아닐 수 없다. 그 뒤에 나는 이러한 느낌을 담아 다음 시를 썼다.

지금 여기

행복이 있고

어제 거기

추억이 있고

멀리 거기에

그리움 있다

알아서 살자.

— 나태주, 「오늘」

　언젠가 어디선가 이런 말을 듣기도 한 것 같다. '오늘은 내 생애에 남은 날 가운데 언제나 첫날이다.' 이 얼마나 무섭고도 절실하면서도 솔직한 말인가. 그야말로 하루하루가 새날이고 하루하루의 새날 앞에 우리 또한 새사람이다. 다만 자기가 낡은 사람이라고 생각하고 주저앉는 사람, 포기하는 사람만이 낡은 사람이고 그의 날만이 낡은 날이 되는 것이다.

　그야말로 오늘이라는 날은 내 인생에서 남은 날의 총량 가운데 첫날이다. 그것은 오늘만 그런 것이 아니라 내일도 그럴 것이고 모레도 그럴 것이다. 그러므로 우리는 날마다 새날을 사는 새 사람이고, 첫날을 사는 첫 사람인 것이다.

　내일은 없다. 내일도 또 내일도 나는 내일은 없다는 생각으로 하루하루 다가오는 오늘에 집중하며 살 것이다. 그것은 영이도 마찬가지였을 것이다. 마흔을 사는 당신도 당신의 오늘을 사시길 바란다. 그것이 또 나의 한 믿음이며 소망이다.

저녁이 있는 인생

오늘날 우리 한국인들의 삶의 특징 가운데 하나는 많이 서둔다는 점이다. 무슨 일이든 빨리빨리 하지 않으면 안 되는 그런 성격들이다. 너 나 할 것 없이 많이 바쁘다. 어디론지 바쁘게 간다. 빠르게 말을 하고 서둘러 결정을 내린다.

오래전 프랑스 파리에 간 적이 있다. 줄지어 가는데 프랑스 아이들이 우리 등 뒤에 대고 '빨리빨리! 빨리빨리!' 그렇게 소곤거리는 소리를 들은 일이 있다. 얼마나 많은 한국인들이 파리 시내를 줄지어 다니면서 '빨리빨리!'를 외쳤으면 프랑스 아이들이 우리더러 그렇게 말했을까?

거기다가 쏠림 현상은 참으로 우리를 힘들게 하고 피곤하게 한다. 둘이나 셋이 아니고 하나만 남기고 오로지 그리로만 매진한다. 그러니 경쟁이 심하고 상처가 깊어지고 결국은 불행해지지 않겠는가. 우리도 이제는 좀 더 여유로워지고 나만 생각하지 말고 너도 생각할 때가 되지 않았는가 싶다.

한국화의 미덕은 여백의 아름다움이다. 비워둠은 그냥 비워둠이 아니고 무의미함이 아니다. 지루함은 더구나 아니다. 비워둠 자체가 실용이고 가치고 능력 발휘다. 그것은 그림에서만 그런 것이 아니라 건축에서도 그렇고 공간 구성에서도 그렇고, 특히나 시에서는 중요한 덕목 가운데 하나다.

비워둠이 없이 어찌 채움이 있겠는가. 공자님 말씀 가운데 '회사후소(繪事後素)'도 바로 그 말이다. 흰 바탕이 마련된 후에야 그림을 그릴 수 있다는 것. 그것은 그림의 기본이고 인생과 시의 근본이다. 그런데 우리는 지금 어떤가. 무어든 꽉꽉 채우려고만 들지 않는가. 이제 좀 비워두면서도 살 일이다.

독서삼여(讀書三餘)란 말이 있다. 책 읽기 좋은 세 가지 여유로운 시간은 하루 중 저녁 시간이요, 날씨 가운데는 비 오는 날이요, 계절 가운데는 겨울철이란 말이다. 우리 민족이 농경민이었기에 낮에는 일하고 밤에는 책 읽었다는 주경야독(晝耕夜讀)과 같은 말도 여기에서 비롯되었을 것이다.

나아가 인생삼여(人生三餘)란 말은 더욱 의미심장하다. 인생에서 여유로운 시간은 하루 중엔 저녁 시간이요, 1년 중엔 겨울철이요, 일생 가운데는 노년이라는 말이다. 이 가운데 가장 주목해볼 부분은 일생 가운데 여유로운 때가 노년이라는 지적이다. 노년의 삶이란 것은 그저 그런 삶이 아니요, 그 사람의 일생을 완성하는 삶이다.

일생의 노력과 수고가 노년의 삶을 여유롭게 살기 위한 준비라는 것을 일찍이 잊지 말았어야 했다. 여유롭다는 뜻에는 그 자체가 여유롭다는 뜻도 있지만 여유롭게 하도록 노력한다는 뜻도 있겠다. 또 넉넉하다는 의미도 있겠지만 비워둔다는 의미도 있겠다.

이제는 진정 때가 이르렀다고 본다. 우리의 인생을 좀 더 여유롭게 비워두면서 살아야 할 시기가 되었다. 무엇이든지 채우려고만 하지 말자. 조금은 비워두기도 하자. 생각을 비우고 삶을 비우고 시간을 비우고 인생을 비우자. 오히려 우리의 인생이 좀 더 아름답게 완성되는 길이다.

마이너 시대

요즘은 너나없이 사는 일이 힘들다고 하고 지쳤다고 한다. 번아웃(burnout)이란 말이 젊은이들 사이에 오간 지도 오래다. 그것은 우리의 피로가 극도에 달했다는 이야기이고, 자기가 지닌 삶의 에너지를 바닥냈다는 이야기다.

왜 이렇게까지 되었을까? 그것은 우리가 지나치게 외골수로 살아서 그렇고 지나치게 올인하며 살아서 그렇다. 1.5볼트짜리 건전지 두 개가 있다고 치자. 두 개를 직렬로 연결하면 3볼트짜리 불이 켜지고 병렬로 연결하면 1.5볼트짜리 불이 켜질 것이다. 때로는 3볼트짜리 불을 밝혀야 하기도 하겠지만 더 많게는 1.5볼트짜리 불을 밝히며 살아야 한다.

우리나라 사람들 가운데 자신이 메이저라고 믿는 사람이 얼마나 될까? 대개는 마이너 인생이라 생각할 것이다. 그러나 마이너가 없는 메이저가 어디 있겠는가! 한 사람의 생애를 두고 볼 때도 메이저 시대보다는 마이너 시대가 더 길다고 보아야 한다. 어쩌면 마이너 없는 메이저는 무의미하다고 볼 수도 있겠다.

부디 자기네 인생이 마이너라고 여겨지는 사람들이 있다면 언젠가는 분명히 찾아올 메이저 인생을 꿈꾸며 열심히 살아보라고 말해주고 싶다. 그것이 소망이다. 그것이 진정 인생에 있어서 행복과 성공에 이르는 지름길이고 값진 인생, 아름다운 인생을 만나는 첩경이다. 정말로 우리네 인생에는 메이저만 우뚝하게 있는 게 아니다. 어디까지나 마이너 다음이 메이저다.

그것은 하루의 일과를 두고 볼 때도 마찬가지다. 언제나 기분 좋고 유쾌한 시간만 사는 건 아니다. 때로는 힘들고 지겨운 시간을 견디고 건너서면 평온한 저녁 시간을 맞이하게 되어 있다. 그러면서 하루의 일과가 깜냥대로 좋았다고 말하고 더러는 앞으로 더 좋을 것이라고 마음먹어보기도 하는 것이다.

우리 삶에서 고난이나 고통, 실패, 시련, 절망과 같은 이름들은 마이너의 항목들이다. 그러나 그런 항목들을 거친 다음에야 비로소 진정한 성공과 소망과 행복이 열리도록 되어 있다. 그것이 바로 인생의 한 묘미요, 비밀이다. 오히려 마이너의 시기가 혹독할수록 더욱 빛나는 성공과 소망과 행복이 약속된다.

이런 말이 있다. '살아난다는 보장만 있다면 젊어서 죽을 병에 한번 걸려보는 것도 나쁘지 않다.' 일단 죽을병에 걸렸다가 거기서 빠져나오게 된다면 그 사람의 인생은 그 이전과는 전혀 다른 인생, 새롭게 태어난 인생이 된다. 이를테면 신생이다. 이것을 나는 '결핍의 축복'이라고 말하고 싶다.

인생의 고난이나 실패는 절대로 그것으로만 그치지 않는다. 고난을 겪고 실패하면서 인간은 이렇게 하면 안 된다는 것까지 배우게 될 것이다. 그리하여 더욱 큰 성공과 더욱 밝은 미래를 맞이하게 될 것이다.

마이너 시대. 그것은 미구에 찾아올 메이저 시대에 대한 찬란한 약속이고 예고다. 그것이 진정한 인생의 성장이다.

그럼에도 불구하고

　젊은 세대 사이에 쓰이는 말 가운데 또 마음 아픈 말들이 많다. 'N포 인생, 이생망, 니트족, 헬조선' 등. 한결같이 부정적인 내용이고 살아가는 일이 고달파서 생긴 용어들이겠다. 그 말들 속에서 젊은 당신들의 한숨 소리가 들리는 듯해 마음이 참 편치 않다.

　언젠가 장마철에, 문학관 처마 밑 화분을 유심히 본 일이 있다. 다른 곳에는 비가 내려 홍수가 지고 있는데도 처마 밑에 들여놓은 화분의 화초가 시들어가고 있었다. 그곳은 하늘로부터 내려오는 비를 받을 수 없는 장소였기에 그랬던 것이다. 마음속에 아! 하는 비명소리가 들리는 듯했다.

　오늘날 이와 같은 젊은이들이 충분히 있을 줄로 안다. 남들이 다들 누리며 사는 것을 자기만 누리지 못해 더욱 빈곤감에 마음 아픈 경우가 있을 것이다. 풍요가 넘쳐나는 시대, 화려한 세상이기에 박탈감과 허탈감은 더욱 가중될 것이다. 아, 이 일을 어찌하면 좋을까!

하지만 과거 세대들이라도 충분히 그런 시절이 있었고 그런 일들을 당했다. 그러기에 그들의 고통과 번민과 망설임을 안다. 하지만 말해주고 싶다. 옛말에도 있듯이 '젊어서 고생은 사서도 한다'고. 부디 야속하게 듣지 마시라. 무심한 구세대 인간의 편안한 소리라고 귀 막지 말기를 바란다. 다시 한번 시작하고 용기를 내자고 하는 말이다.

가장 나쁜 것은 포기다. 시작해보지도 않고 포기하는 것은 더욱 나쁘다. 그야말로 그것은 생명 현상에 대한 거부다. 우리는 이 시점에서 '그럼에도 불구하고' 이 말에 방점을 찍고 밑줄을 그어야 한다.

그럼에도 불구하고 다시 시작하자. 그럼에도 불구하고 다시 사랑하자. 그럼에도 불구하고 우리 서로 악수를 청하자. 그럼에도 불구하고 손잡고 먼 길을 떠나보자. 판을 그대로 두어서는 안 된다. 깰 것이 있으면 깨고 뒤집을 것이 있으면 뒤집자. 그럼에도 불구하고 다시 시작해보는 것이다. 어디선가 새롭게 젊고 씩씩한 한 사람의 숨소리가 들리는 듯하다.

의심하지 마시라. 나는 언제까지나 당신 편이다. 당신의 모든 것을 지지하고 응원한다. '철들자 죽는다.' '정들자 이별한다.' 이 또한 옛 어른들이 들려주시는 말씀이다. '인생이 비극인 것은, 우리가 너무 일찍 늙고 너무 늦게 철든다는 것이다.' 벤자민 프랭클린이 한 말이다.

진정으로 젊은 세대가 아름다운 것은 도전하는 그 삶에 있고 인생은 때로 고생이란 것을 믿고 그것을 실천해보려는 당신의 마음 터전에 있다.

몰입

    큰아이가 고등학교 다닐 때의 일이다. 아이는 벼락공부를 좋아했다. 시험을 볼 때만 집중적으로 공부를 했다. 한번인가 는 시험을 치르기 위해 아이가 밤샘 공부를 했던가 보다. 그 러고 난 아이의 말이 특별했다.

    "아빠, 밤새워 공부를 해보니 참 신기하네요. 새벽 시간이 공부가 참 잘 되었어요. 책도 잘 읽히고 문제도 잘 풀리고요."

    "어떻게 네가 그걸 알았냐. 그래서 아빠도 때로는 밤늦도 록 책을 읽고 글을 쓰고 그러는 거란다."

    그 뒤부터 아이는 영판 딴사람이 되었다. 학교 성적이 오 르고 자기 주관이 생기고 마음가짐 또한 야무진 아이가 되었 다. 그러더니 국립대학에 특차전형으로 들어갔고 장학금도 계속 받았다.

여기서 말하고 싶은 것은 아들 자랑이 아니고 '몰입'에 대한 것이다. 톨스토이는 그의 평생의 화두에서 인생에서 중요한 것은 성장이라 말했고, 성장의 하위개념으로 몰입과 소통과 죽음을 기억하는 삶, 그 세 가지를 들었다.

이 가운데에서 몰입이란 한 가지 일에 깊이 빠져 몰아(沒我)의 경지에 이르는 것을 말한다. 모든 성공한 사람들의 바탕에는 몰입이 있었다. 어떤 일이든 몰입만 하게 된다면 그는 인생에서 패자가 아니라 승자가 된다는 것이다. 실상 기도, 명상, 연애, 연구, 창작활동…, 이들은 서로 이름만 다르지 인간의 몰입의 결과들이다.

나의 경우 몰입은 시 쓰기와 연필 그림 그리기다. 시 쓰기는 열여섯 어린 나이 때부터 나 좋아서 한 일이라 그렇다 치고 중년에 시작한 연필 그림 그리기는 나에게 참 좋은 교훈과 영향을 주었다.

일단 연필을 잡고 내가 예쁘다고 여기는 풀꽃 하나를 골라서 그것을 그리다 보면 시간이 어떻게 지나가는지 모르게 빨리 흘러간다. 한두 시간이 아니다. 세 시간, 네 시간이 눈 깜짝할 사이에 흘러간다. 몰입이야말로 나 아닌 내가 되는 순간의 삶을 말한다. 또 다른 나, 새로운 나를 만나는 과정이다.

　일상생활, 평상에서의 몰입은 인생을 매우 생산적이고 유용하게 만들어준다. 그것은 끝내 우리를 행복의 나라에 이르게 할 것이다. 그야말로 그것은 매직의 세상이다. 지루한 시간을 꿈결 같은 시간으로 바꾸어주고 인간을 황홀하게 만들어준다.

　지난날을 돌아볼 때 나는 어떤 때가 행복했던가? 기뻤을 때이고 누군가를 사랑했을 때이고 어떤 일에 몰입했던 시간일 것이다. 몰입이야말로 정말로 우리들 인생을 행복하게 해주는 묘약이라 하겠다.

　부디 당신도 당신이 잘하는 일을 생각해보라. 더구나 그 일이 당신이 좋아하는 일이라면 더욱 좋겠다. 그런 다음 그 일을 차근히 해보라. 집중하려고 노력해보라. 그러다 보면 자신도 모르게 자신이 몰입해나가는 걸 느낄 것이다. 아니 느끼지도 못하고 몰입하게 될 것이다.

　거기에서 멈추어선 안 된다. 계속 앞으로 밀고 나가야 한다. 되풀이해서 그 일을 해야만 한다는 말이다. 인생은 날마다 순간마다 꿈이고 허상이다. 하지만 몰입하는 사람은 그 꿈과 허상 속에서 진정한 자아를 만나게 되고 진정으로 아름다운 세상을 만들어나가게 될 것이다.

밥벌이

    사람이 세상을 살아가기 위해서는 일을 해야 한다. 일을 해야만 돈이나 물건이 생기고 그래야 삶을 이어갈 수 있다. 이렇게 일을 하는 것을 직업이라고 부른다. 나는 일찍이 교직을 직업으로 택했고 오랜 기간 그곳에 머물렀던 사람이다. 가난하고 힘든 시절 그래도 교직이 있었기에 그런대로 일생을 안정되게 살아왔다고 생각한다.

    하지만 나는 아이들을 가르치면서도 글을 쓰는 사람이고 싶었다. 어쩌면 문필 생활을 더 선망했는지도 모를 일이다. 문필 생활을 위해 교직을 버리는 이웃들도 있었다. 나도 한때는 교직을 버리고 서울로 올라가 신문사나 잡지사 기자가 되고 싶었고 교직이라 해도 대학 교수가 되어보는 것이 꿈이었다.

    그러나 나는 그런 아무것도 되지 못했고 그냥 시골에서 살며 여전히 초등학교 아이들을 가르치는 선생으로 일관했다. 약관도 되지 못한 열아홉 살부터 만으로 예순두 살까지 줄곧 그 자리에 매달리며 살았다. 글을 쓰더라도 밥벌이는 해결되어야겠다는 자각 때문이었다. 그렇다. 밥벌이. 밥 먹고 사는 일이 급하고 중했다.

'밥이나 먹고 사는가?' 젊은 시절 자주 듣던 말이다. 더러는 밥도 제대로 먹지 못하고 사는 사람들도 있었던 것이다. 지금은 물질이 풍부해지고 돈도 많아지고 국가의 복지 정책도 다양해져서 적어도 명시적으로는 밥 먹지 못하고 사는 사람은 없어 보인다. 그래도 사람들의 하루하루 살기는 고달파 보인다. 사회가 복잡해지고 인간관계가 순조롭지 못하고 상대적 경쟁이 심해져서 빈곤감이 늘어난 탓일 것이다.

어쨌든 좋다. 인간이 살아가기 위해서는 밥벌이, 즉 직업이 필요하다. 나는 교직을 밥벌이로 택했고 그래서 끝내 그것을 버리지 않고 정년의 나이까지 이어왔다. 그러면서 시를 쓰고 싶어 이런 궤변을 일삼으며 살아왔다. '나에게 교직은 직업이고 글 쓰는 일은 본업이다.' 이것은 동의어 반복에 지나지 않는 말이다.

인간의 성공에 대해서 연구한 미국의 앤절라 더크워스 교수는 그의 저서 《그릿(GRIT)》에서 인간의 밥벌이를 세 가지로 보았다. 생업(job)과 직업(career)과 천직(calling). 생업과 직업은 다만 개인의 유익과 발전, 그리고 개인의 변화만을 위해서 하는 밥벌이라면 천직은 보다 많이 타인을 위해주고 사회의 발전과 변화에 관심을 갖는 밥벌이라는 것이다. 그래서 생업과 직업은 언제든지 더 좋은 일터가 생기면 그쪽으로 옮겨 가지만 천직은 더 좋은 일터가 생겨도 옮겨 가지 않고 지금까지 하던 일을 계속해 나간다는 것이다.

　　참 좋은 생각이다. 부디 우리들 세상에도 이렇게 천직의식을 가진 사람들이 많아졌으면 한다. 그래야 좋은 세상이 되는 것이라고 본다. 나부터 하루하루 하는 일을 천직이라고 여기면서 살아야 하겠다. 무엇보다도 시 쓰기가 그렇다. 시 쓰기의 출발은 자기를 위해서지만 나중은 보다 타인을 위한 것이어야 한다. 그러므로 타인에 대한 배려가 중요하고 독자와의 소통이 있어야 하겠고 독자들에게 위로와 축복과 기쁨을 주어야 할 것이다. 오늘날 나의 글쓰기는 진정 여기에 부합되는 것인지 조금은 겁이 나고 조심스런 일이다.

내가 잘한 일 네 가지

　나에게도 나름 청소년 시절 부푼 꿈이 있었다. 열여섯 살 고등학교 1학년 무렵이다. 그때 나의 꿈으로 세 가지가 있었다. 첫째가 시인이 되는 것이었고 둘째가 예쁜 여자와 결혼하는 것이었고 셋째가 공주에서 사는 것이었다.

　1971년 운 좋게도 신춘문예에 시가 당선되어 시인이 되었고 그 이후로 계속해서 시를 써서 여러 권 시집을 냈을뿐더러 지금도 여전히 시를 쓰고 있으니 첫 번째 시인이 되는 꿈은 이루어졌다고 보아야 할 것이다. 열여섯 이래 오늘날까지 단 하루도 거르지 않고 나는 현역의 시인으로 살았다.

　글쎄. 두 번째 꿈. 예쁜 여자와 결혼하는 것. 여러 차례 실연의 고배를 마시기는 했지만 그래도 지금 사는 아내와 스물아홉 살에 결혼해서 아이들 낳고 살았고 그들도 제 자식들 낳아 잘 살고 있으니 그 꿈도 이루어졌노라 만족해야 하지 않을까 싶다.

세 번째 꿈이 좀처럼 이루기 힘든 꿈이었다. 공주에서 살고 싶어 서른다섯 살에 공주로 학교를 옮겨서 살고 있었지만 여전히 나는 외래인이었고 공주 사람이 아니었다. 공주의 학교에서 교장을 하고 사회단체의 책임자 일을 해보기도 했지만 여전히 나는 서천 사람으로만 남았다.

교직에서 정년퇴임을 하고 2년 뒤 주변 사람들의 권유에 따라 공주문화원장에 당선되어 8년 동안이나 문화원장을 하고 나서는 공주 사람들도 나를 공주 사람으로 끼워준다. 그래서 나는 스스로 어린 시절 가졌던 꿈 세 가지를 모두 이루었노라 생각하면서 사는 사람이다.

그리고 내가 지금까지 살면서 스스로 잘했노라 여기는 네가지가 있다. 첫째는 시골에서만 산 것. 둘째는 초등학교 교사로 일관한 것. 셋째는 시를 계속 써온 것. 넷째는 자동차 없이산 것. 그러나 이것들은 모두가 메이저가 아니고 마이너. 사람들이 좋아하고 원하는 항목들이 아니란 말이다. 그렇지만나는 그런 마이너를 불평하지 않고 나의 것으로 끌어안고 살았기에 나 자신 그런대로 평온한 삶을 누렸다고 생각한다.

첫째, 시골에서만 산 것. 촌놈이란 말은 결코 자랑이 아니다. 그래도 나는 내가 시골을 벗어나지 않고 살아서 일평생 시와 교직을 조화시키며 살 수 있었다고 생각한다. 그만큼 시골은 나에게 낙원이었으며 좋은 삶의 터전이었다. 영국 속담에 이런 말이 있다. '인간은 도시를 만들고 신은 자연을 만들었다.'

둘째, 계속 시를 쓰면서 산 것. 시는 형식이 작은 글이지만 산문보다 까다로운 글이고 여간해서는 독자들로부터 호응을 얻기 어려운 글이다. 더불어 시인은 사회적 대우도 가벼워서 매양 섭섭하고 안타까울 자리다. 그렇지만 시를 쉬지 않고 쓰면서 살았기에 나름대로 맑고 향기로운 인생을 유지할 수 있었다고 자부한다.

셋째, 초등학교 선생을 계속하면서 산 것. 이 또한 자랑이 되지 못한다. 게다가 나는 시골의 작은 학교만 찾아다니며 근무했기에 내가 근무한 학교들은 하나같이 폐교가 되고 만다. 하지만 초등학교 선생을 계속하면서 살았기에 동심을 잃지 않는 사람이 되었고 어린이 어법으로 시를 쓰는 사람으로 남을 수 있었다.

넷째, 자동차 없이 산 것. 나의 탈것은 오로지 자전거다. 자전거 그 이상으로 진화하지 못한 셈이다. 요즘 같은 세상에 자동차 없이 산다는 것은 결코 자랑이 못 되는 일이겠다. 비효율적이고 비생산적인 삶이다. 그렇지만 말이다. 자동차 없이 살았으므로 보다 자연과 교감하면서 살 수 있었다고 여겨진다.

문제는 자신에게 주어진 마이너를 어떻게 극복하면서 사느냐이다. 어떻게 하면 그것을 메이저로 바꾸느냐이다. 비록 마이너지만 그것을 잘 보듬어 안고 나름대로 갈고 닦으면 언젠가는 메이저가 되기도 한다는 것! 그것을 깨치는 것이 바로 나의 삶이었고 나의 생애였다고 볼 수 있겠다.

하늘의 축복

일본 사람이긴 하지만 마쓰시타 고노스케의 이야기는 오늘날 우리에게 많은 교훈을 준다. 그는 일본이 세계대전에서 패망한 뒤 일본의 사업가로서 사회에 많은 공헌을 남긴 인물이다. 그러나 그보다도 그의 개인적 생애가 더욱 강한 느낌을 준다.

그는 비교적 유복한 집안의 아들로 태어났으나 아버지가 파산하는 바람에 초등학교 4학년 때 학교를 그만두고 직업 일선에 뛰어든다. 화로 판매원과 자전거 수리공을 시작으로 수없이 많은 직업을 전전하고 스물두 살 때 자기의 회사를 세워 물건을 만들다가 자기 이름을 딴 마쓰시타 전기회사를 창립, 나중에는 2만 명이나 되는 사람들이 일하는 회사로 발전시킨다.

그는 탁월한 사업가였지만 사업을 오직 돈벌이로만 생각하지 않는 사업가란 점이 특별하다. 사업을 사회에 봉사하면서 사람들의 행복에 이바지하는 것이라고 생각한 사람이다. '좋은 물건을 싸게 많이 만들어 공급함으로써 가난을 몰아내 물질적 풍요를 실현하고 사람들에게 행복을 가져다준다'는 것이 사업가로서의 신조였다니 말이다.

그는 또 이렇게 말하기도 했다고 한다. "나는 가난한 집안에서 태어난 덕분에 어릴 때부터 갖가지 힘든 일을 하며 세상살이에 필요한 경험을 쌓았다. 나는 허약한 아이였던 덕분에 운동을 시작해 건강을 유지할 수 있었다. 나는 학교를 제대로 마치지 못했던 덕분에 만나는 모든 사람이 제 선생이어서 모르면 묻고 배우면서 익혔다."

그리하여 그는 '가난과 허약한 몸과 학교 공부를 많이 하지 못한 것'을 '하늘이 내린 축복'이라 여기며 살았다고 한다. 이야말로 사고의 반전이고 인생의 반전이다. 분명 그 세 가지는 마이너 중의 마이너인데 그것을 극복하여 메이저로 바꾸었다는 것이다.

요는 삶에 대한 사고방식이고 그 대응방법이다. 자기에게 있는 조건들을 긍정적으로 받아들이면서 미래에 대한 소망을 갖고 꾸준히 노력하면서 살아가는 인생이 부럽다. 오늘날 우리도 그래야만 한다. 그렇지 않고서는 자기만의 인생을 발견할 수 없고 진정한 성공을 이루어낼 수 없다.

앞에서도 말한 바 있는 앤절라 더크워스 교수는 성공의 공식을 이렇게 도출해냈다. '재능×노력=기술. 기술×노력=성공.' 그러니까 재능에다가 노력을 두 번 곱해야 비로소 성공이 이루어진다는 것이다. 그래서 그는 두 공식을 하나로 줄이기도 했다. '재능×노력^2=성공.'

비록 나는 인생의 후반부에 이런 이야기들을 알게 되었지만 무엇이든지 열심히 끝까지 노력하기만 하면 자기가 소망하는 일을 꼭 이룰 수 있다고 믿었던 사람 가운데 하나다. 부디 자기의 처지가 마이너라고 여기는 젊은이들이 있다면 지금 그 자리에서 용기를 내어 자기가 좋아하면서 잘하는 일을 찾아서 꾸준히 끝까지 해보라고 권해보고 싶다.

과분한 사람

오래전 어떤 결혼식장에서 들은 이야기다. 하객석에 앉아서 주례가 하는 주례사를 듣고 있었을 것이다. 무심히 주례사에 귀를 기울이고 있는데 주례의 말 속에서 매우 재미있는 이야기가 나왔다. 그것은 피천득 선생에 대한 이야기였다.

피천득 선생이라고 하면 한국 사람들이 기억해주는 유명한 수필가다. 아름다운 시도 여러 편 쓰신 시인이기도 하다. 피 선생은 서울대학교에서 학생들을 가르치는 교수님이기도 했는데 주례를 보는 분이 바로 피 선생의 대학교 제자라고 했다.

피천득 선생의 말년의 이야기라고 한다. 해마다 정초가 되면 제자들이 모여 선생께 세배를 가곤 했다고 그런다. 아흔이 넘은 스승에 일흔이 넘은 제자들이다. 세배를 드린 자리에서 제자들이 물었다.

"선생님, 어떻게 하면 선생님처럼 그렇게 사모님하고도 잘 지내시고 자식들도 잘 기를 수 있는지요?"

피 선생은 망설임 없이 짧은 말 한마디로 대답했다.

"그거야 집사람이 나한테 과분한 사람이고 아이들이 또 나한테 과분한 아이들이라 그렇지."

과분한 사람? 과분한 자식? 잠시 어리둥절해하는 제자들에게 피 선생이 설명을 해주었다고 한다.

"생각들 해보게. 나 같은 사람과 평생을 살아주는 집사람이 나한테 과분한 사람이 아닌가? 나한테 넘치는 사람이란 뜻이지. 자식들도 그래. 나의 자식으로 태어났는데 나한테는 과분하게 공부도 잘하고 자기 일들을 잘 해주는 자식들이 아닌가!"

듣고 있던 제자들이 한동안 말을 잇지 못하고 있었다고 한다. 나한테 과분한 사람이라? 그리고 과분한 자식이라? 평상, 사람들은 그렇게 생각하지 않는다. 상대방을 나보다 넘치는 사람이라고 생각해서 과분한 사람이라 여기지 못한다. 더욱이 가족관계는 그렇다.

오히려 모자란 사람, 부족한 사람이라고 생각한다. 나는 괜찮은데, 나는 잘했는데, 다른 식구가 모자라고 부족해서 우리 집이 이 모양 이 꼴이라고 원망하기도 한다. 상대방을 과분한 사람이라고 여김은 나의 겸손이고 상대방을 부족한 사람이라고 여김은 나의 오만이다.

여기에 행복과 불행의 갈림길이 있지 않나 싶다. 상대방을 과분한 사람이라고 여길 때 내가 저절로 행복한 사람이 되고 상대방을 부족한 사람이라고 여길 때 나는 또 저절로 불행한 사람이 된다! 그 뒤로는 나도 누군가의 결혼식에서 주례를 맡게 되면 이 이야기를 빠짐없이 들려준다.

부디 다른 사람을 부족한 사람이라고 여기며 살지 말자. 상대방을 나보다 나은 사람, 과분한 사람이라고 여기며 살자. 나 자신이 이런 좋은 말씀을 보다 일찍 알았더라면 젊은 시절 아내에게 좀 더 잘해주었을 것이고 자식들에게 더 잘해주는 아빠가 되었을 텐데, 너무 늦게 알아 아쉬운 마음이다. 그렇지만 지금이라도 알았으니 다행스런 일이 아닌가!

젊은 세대를 위하여

젊은 세대는 내일을 살 사람들이고 더 밝고 희망찬 세상을 살아야 할 사람들이다. 어떻게 하면 그들이 더 잘 살 수 있을 것인가? 좋은 어른들은 때로 그들을 위한 조언과 권고의 말씀을 남긴다. 젊은 세대가 현명하다면 그런 말씀에 귀를 기울여 자기네들의 삶에 도움을 받는 것도 좋으리라고 본다.

내가 기억하고 있는 좋은 말씀으로 우선 조선 시대 실학자였던 정약용 선생이 젊은이들을 위해서 하신 말씀이 있다. 첫째, 차를 즐겨 마시는 백성은 흥한다. 둘째, 동트기 전에 일어나라. 셋째, 기록하기를 좋아하라.

먼저, 차에 관한 내용이다. 여기서 차는 녹차를 말한다. 정약용 선생은 녹차 애호가라서 당신의 호를 차 다(茶) 자를 써서 다산(茶山)이라 정할 정도로 차를 좋아한 분이다. 차를 즐겨 마시면 머리가 맑아지고 피가 맑아져 몸이 건강해질뿐더러 생각까지 좋아져 장수한다는 말씀이다.

그다음 '동트기 전에 일어나라'는 말씀은 부지런함, 근면함에 대한 것이다. 사람에게 있어서 근면함은 그 어떤 재산보다도 귀한 삶의 재산이다. 부지런하기만 하면 웬만한 일은 이룰 수 있다. 성공의 비결이 부지런함 속에 있다는 것이다. '큰 부자는 하늘이 내지만 작은 부자는 근면함이 만들어준다.' 이것은 우리의 속담이다. 이 또한 근면함에 대한 축복의 말씀이다.

마지막으로 '기록하기를 좋아하라.' 오늘날의 메모 습관을 가리킨다. 인간의 기억력에는 한계가 있기 마련이므로 생각날 때 적고, 보았을 때 적고, 들었을 때 적어야 한다. 무릇 베스트셀러 작가의 특징 가운데 하나는 메모하는 습관이란 말도 있다. '적자생존'이란 말은 다윈의 법칙 가운데 하나지만 사람들은 더러 우스갯소리로 '적는 자가 살아남는다'는 뜻으로 사용하기도 한다.

그리고 또 기억나는 것은 서울대학교 철학과 교수로 평생을 재직한 김태길 교수님이 정년퇴임을 하면서 고별 강연장에서 하신 말씀이다. 그분은 강연 도중 이 땅의 젊은이들에게 권면의 말씀을 남겼다.

첫째, 어떤 분야든지 그 분야의 달인이 되어라. 둘째, 경쟁 상대를 국내에서 찾지 말고 국외에서 찾아라. 셋째, 사익보다는 공익에 힘써라. 이 말씀은 보다 현대화된 말이면서 어쩌면 이미 글로벌 사회를 내다본 말씀이라고 볼 수 있겠다.

우리 젊은이들이 이러한 말씀에 조금만이라도 마음을 주면서 생활한다면 그들의 내일의 삶이 보다 좋아질 것이라고 생각한다. 나 또한 젊은이들을 축복하고 그들의 앞으로의 삶을 응원하는 마음이다.

터닝포인트

　길을 가든 인생살이를 하든 가다가 뭔가 잘못된 것 같고 이게 아닌데 싶으면 그 지점이 바로 터닝포인트다. 물론 가던 대로 계속 갈 수도 있는 일이다. 그 길이 더 손쉽고 좋은 길일 수도 있지만 현명한 사람이라면 이게 아닌데 싶으면 그 지점에 브레이크를 잡고 멈춰 서서 자신의 일을 돌아보고 오던 길을 살필 것이다.

　나에게도 몇 차례 터닝포인트가 있었다. 첫 번째는 20대 중반 한 여성에게 호되게 실연의 고배를 마시고 인생을 포기할까 망설이던 시기의 삶이다. 절망적인 상황 속에서 치열하게 시에 매달렸고 그것이 계기가 되어 신춘문예에 당선되어 시인이 되었다. 아이러니하게도 나를 버린 여자가 나를 시인으로 만들어주었다.

두 번째는 50대 초반의 일이다. 교직 성장을 위해 전문직으로 나갔다가 이게 아닌데 싶어서 다시 일선 학교로 나가면서부터다. 최초의 외국 여행을 유럽 쪽으로 갔었다. 여행지에서의 10여 일. 밤마다 나는 귀국하면 절대로 그냥 있지 않고 일선 학교로 다시 나가겠노라 결심을 했고 자신을 굴복시켜 다짐을 받아냈다.

그렇게 해서 다음 학기에 다시 일선 학교로 복귀했다. 거기서부터 나의 새로운 삶이 시작되었다. 산문을 쓰지 않는다. 문인들 모임에 나가지 않는다. 잡지를 읽지 않는다. 방송에 출연하지 않고 신문에 칼럼을 쓰지 않는다. 그런 결심을 실현하면서 새롭게 시를 쓰고 새롭게 연필 그림을 그렸다.

만약 그러한 재출발의 기회가 없었다면 오늘날의 나는 존재하지 않는다. 그때 스스로 선택해서 읽은 몇 권의 책이 기억에 오래 남는다. 헨리 데이비드 소로의 《월든》. 그리고 일본 사람 후지와라 신야의 《인도방랑》. 그리고 《노자 도덕경》. 이러한 책들은 나에게 새로운 인생의 길을 약속하면서 새로운 세상을 바라보는 안목을 선사했다.

그러한 다짐과 노력은 나의 시 작품에서 조금씩 나타났

다. 지금까지 써오던 시의 패턴에서 새로운 모습의 시가 나오기 시작했으며 연필 그림을 통해 사물의 속살을 깊이 부드럽게 들여다보는 눈이 열리고 있었다. 나의 후기 시에 그런 대로 성취와 변화가 있었다면 오직 그것은 이때의 노력과 자기 성찰 덕분이다.

세 번째 터닝포인트는 60대 초반 질병에 의한 것이었다. 교직 정년을 6개월 앞두고 쓸개가 완전히 터지는 바람에 나는 반년 동안 사경을 헤매는 경황없는 환자가 되었고 자신이 지닌 모든 기득권을 내려놓아야 하는 비참함을 맛보았다. 하지만 이것은 반대로 나에게 새로운 인생을 약속했고 새로운 시를 또한 약속해주었다.

때로 나는 비관론자였고 불평분자였다. 현실에 부적응하는 경우도 많았다. 그러나 질병은 그러한 나를 완전히 뒤바꾸어 놓았다. 이만큼이라도 좋습니다. 지금이라도 고맙습니다. 그런 긍정론자가 되었고 작은 일에도 감사할 줄 아는 사람이 되었다. 이 얼마나 놀라운 변화이며 축복인가!

만약 당신도 살아가다가 이게 아닌데 싶으면 그 지점에서 과감하게 자기 인생에 브레이크를 걸고 멈춰 서서 자신을 살피고 자신이 걸어온 길을 돌아보기 바란다. 그리하여 자신이 할 수 있는 방법들을 동원하여 자신의 오류와 모순을 극복해 보길 바란다. 그러할 때 당신 앞에 오직 당신만의 새로운 인생이 열릴 것이라고 믿는다.

잘못 든 길

언젠가 여름날의 일이다. 서울의 종로도서관 초청으로 문학 강연을 하러 가는 길이었다. 도서관 직원이 미리 안내해준 대로 지하철 3호선 경복궁역에서 내려 한동안 걸어가는 길. 비탈길이었다. 주변에 오래된 집들이 줄지어 서 있는데 매우 고즈넉하고 품위가 있었다.

북적대기만 하는 서울 거리에 어쩌면 이런 동네가 다 있을까, 싶은 생각으로 한동안 두리번거리며 걸어갔을 것이다. 그런데 집 구경하는 데 정신이 팔려 왼쪽 골목으로 꺾어 들어갔어야 하는 것을 잊고 오른쪽 길로 내처 올라가고 말았다. 조금은 숨이 가쁜 오르막길.

그 오르막 지점의 모퉁이에 이상한 집이 보였다. 허름한 외형에다가 내부 풍경도 낯설어 보이는 집. 간판 이름이 '그

가게 짜이집'. 그 옆이 또 '사직동 그 가게'. 바쁜 발걸음을 멈추고 '그 가게 짜이집' 안을 기웃거렸다. 책이나 영화에서나 보았음직한 티베트풍의 물건과 그림들이 어른거렸다.

출입구의 허름한 문짝에는 이런 문구도 적혀 있었다. '뜻을 이루었다면 몸을 낮추고 뜻을 잃었다면 고개를 들어라.' 그 아래에 티베트 속담이라고 쓰여 있었다. 창문 안으로 들여다보니 이런 문장들도 보였다. '아홉 번 실패했다면 아홉 번 노력했다는 것이다', '걱정을 해서 걱정이 없어지면 걱정이 없겠지.' 이 또한 티베트 속담이다.

그날 만약 길을 제대로 찾아서 갔다면 이런 좋은 문구들을 만나지 못했을 것이다. 길을 잘못 들었기에 이렇게 좋은 문장들을 만날 수 있었다. 우리 잠시 인생에서 길을 잘못 들었거나 실패했다고 생각할 때도 그렇다. 그것이 내일의 새로운 길을 열어줄 좋은 계기가 될 것을 믿고 다시금 시작해보자. 당신이 지금 잘못 든 길, 그 길이 당신에게 새로운 길이 될 수도 있는 일이다.

2부

작은 것,
오래된 것, 흔한 것이
모두 풀꽃이다

오르골

눈이 내리고 있었다. 조금 내리는 게 아니라 펑펑 내리는 눈이었다. 날은 이미 저물어 어둡고 거리의 상점에는 불이 켜져 있었다. 그날도 집에 들어가는 시간이 늦었던가 보다. 누군가를 만나 저녁식사를 마치고 나오는 길이었을 것이다.

얼른 집으로 돌아가야지, 옮기는 발길이 미끄러웠다. 지금 기억으로는 그곳이 오늘날 공주의 문화거리로 통하는 곳이다. 어디선가 크리스마스 캐럴이 울리고 있었다. 아, 벌써 세월이 이렇게 되었나? 호기심 많은 나의 발걸음은 크리스마스 캐럴이 울리는 쪽으로 향했다.

그곳에는 조그만 수레가 하나 있고 한 젊은이가 물건을 팔고 있었다. 이것저것 아이들이 좋아할 만한 잡화였다. 나는 눈 내리는 밤과 크리스마스 캐럴과 그 잡화를 파는 젊은이가 매우 잘 어울린다는 생각을 했다. 영화 속 한 장면 같다고 여겼을 것이다. 무엇이든 한 가지는 사 가지고 집으로 돌아가야 하지 않겠나, 그런 생각이 들었다.

　이것저것 물건을 고르던 나의 눈에 오르골이 보였다. 오르골. 태엽을 감으면 미리 저장해둔 음악을 반복해서 들려주는 신기한 장난감. 어려서 나도 갖고 싶었지만 한 번도 가져보지 못한 장난감.

　"이 오르골 속에서는 무슨 소리가 나오나요?"

　"들어보세요, 한번. '켄터키 옛집'이 나올 거예요."

　젊은이로부터 오르골을 받아 들고 오르골 바닥에 있는 태엽을 감았다 놓았을 때 정말로 오르골 속에서 포스터의 '켄터키 옛집'의 음률이 흘러나왔다.

　"이거 얼마요?"

　"5천 원이에요."

　5천 원은 그 당시 내 주머니 사정으로는 좀 과한 액수였다. 상갓집 조의금으로도 5천 원을 내는 경우가 있었으니까.

　그래도 나는 돈을 꺼내어 그 오르골을 샀다. 집에 있는 딸아이가 생각났던 것이다. 가난한 아버지 때문에 늘 기를 펴지 못하고 사는 아이. 가지고 싶은 장난감도 가지지 못하고 다른 집 아이들 잘 먹는 초콜릿이며 바나나며 껌도 마음 놓고 먹어 보지 못한 아이. 늘 그것에 대해서 궁핍함을 가졌을 딸아이.

그날 밤 나는 그 오르골을 가지고 집으로 돌아와 자랑스럽게 딸아이에게 주었을 것이다. 그러나 딸아이는 그 오르골을 몇 차례 소리 내어보더니 책상 한 귀퉁이에 그대로 놓아두었다. 초등학교 5학년에 다니는 딸아이한테는 오르골이 이미 장난감이 아니었던 것이다.

그렇게 오르골은 오랫동안 딸아이의 책상 한 귀퉁이에 놓여 있었다. 딸아이가 서울로 대학을 다니러 올라가면서 오르골은 자연스럽게 나의 차지가 되었다. 한두 차례 소리를 내보고 말았던 딸아이와는 다르게 나는 가끔 오르골 태엽을 돌려 그 소리를 듣곤 했다.

이제 나의 낡은 오르골 속에서 울려 나오는 '켄터키 옛집'의 음률은 노래의 작곡가 포스터나 가사 속에 들어 있는 미국 흑인들의 고달픈 삶에 대한 추억이 아니라 딸아이에 대한 추억이다. 그 시절 딸아이는 참 예쁘기도 했는데….

지금은 그 딸아이도 내가 저한테 오르골을 사다 주던 때

만큼이나 나이를 먹고 이미 두 아이의 엄마가 되었다. 나중에, 아주 나중에 풀꽃문학관 진열장 안에서 나의 유품으로 진열된 여러 개의 인형과 오르골 가운데에서 그 낡은 오르골을 발견했을 때 딸아이가 그 시절의 자기 자신과 가난한 아버지를 기억해주면 얼마나 좋을까, 그런 생각을 해본다.

82   작은 것, 오래된 것, 흔한 것이 모두 풀꽃이다

목마와 딸기

지금 사는 아파트로 이사 오기 전, 공주로 전근 와서 살 때 우리 가족은 금학동 후생주택 동네에서 살았다. 6·25 전쟁 이후 미국의 구호물자를 받아들여 지은 집이다. 건평 16평짜리 집. 매우 엉성하게 지은 집인데 낡고 비좁기까지 했다. 그래도 그 집은 우리 가족이 세상에 와서 제일 먼저 가져본 집이다.

초등학교 교사 봉급이 참 열악하던 시절이다. 그래도 부부 교원인 동료들은 조금 여유가 있었지만 혼자서 직장생활을 하는 나 같은 사람은 참 힘이 들었다. 오죽하면 아내는 한 달에 한 차례 돈을 세는 사람으로 살았겠는가! 봉급을 받은 날 저녁, 앞으로 한 달 동안 쓸 돈을 뭉을 지어 세어서 분류해 놓는 것이다. 그리고는 그대로 돈을 썼다. 참 박박한 살림살이였다.

그 집에서 살 때의 일이다. 딸아이 민애가 다섯 살이나 여섯 살 때쯤이었을 것이다. 대문 밖에서 노랫소리가 들린다. '태극기가 바람에 펄럭입니다…' 그것은 동네 길로 목마를 실은 리어카가 들어온다는 신호다. 그러면 민애의 조바심이 시작된다.

"엄마, 엄마…."

저의 엄마를 쳐다보며 조른다. 저도 목마를 타고 싶다는 의사 표현이다.

목마를 한 번 타는 데 드는 돈은 50원. 그 돈을 목마 아저씨에게 주고 목마 위에 올라앉으면 꼭 50원어치만 목마가 아래위로 흔들거린다. 그리고는 딱 멈추어 선다. 그래도 민애는 목마에서 내릴 생각을 하지 않는다. 더 타고 싶어서 그런 것이다. 민애는 멈추어 선 목마 위에서 몇 번 궁둥이를 들썩여보다가 내린다.

그날도 골목길에서 노랫소리가 들린다. 민애와 아내는 장독대 옆에 있었다. 수중에 돈이 궁한 아내는 불안한 생각이 든다. 민애가 또 리어카 목마를 태워달라고 그러면 어쩌나! 아내는 옆에 있는 세숫대야를 집어 들고 그것을 빨랫방망이로

소리 나게 두드린다. 그렇다고 해서 귀 밝은 민애가 그 소리를 못 들을 아이가 아니다.

"엄마아, 엄마아…"

민애의 하소연이 시작된다. 그러면 아내도 어쩔 수 없이 민애를 데리고 문밖으로 나가 목마를 태워줘야만 한다. 50원 어치만 타는 목마. 그것도 리어카에 실은 목마. 아내는 그 목마 아저씨가 그렇게도 원망스러웠다고 한다.

한번은 민애를 데리고 시장에 갔다고 한다. 공주에서 오래된 재래시장이다. 가난한 아내는 정육점에 가서도 돼지고기 한 근을 제대로 못 사고 반 근을 사오곤 하던 시절이다. 심지어는 내가 보던 신문지를 이고 가서 그것을 정육점에 주고 돼지고기와 바꾸어다 먹던 시절이다.

마침 이른 봄. 시장의 채소전에 딸기가 나왔다고 한다. 멀리서도 딸기가 있는 것을 본 아내는 찔끔했다고 한다. 민애가 사달라고 그러면 어쩌나? 수중에 딸기 살 돈이 없는데 어린 민애가 딸기를 먹고 싶다고 하면 어쩌나, 걱정이 된 아내는 한 손으로 치마를 넓게 펼쳐 올려 민애가 딸기를 보지 못하도록 가렸다고 한다. 그렇다고 눈 밝은 민애가 딸기를 보지 못할 아이가 아니다.

"엄마아. 딸기… 딸기…."

민애의 애원이 또 시작된다. 치마를 들어 민애의 눈을 가렸지만 소용이 없었던 것이다. 아내가 딸기 장수 아주머니한테 다가간다.

"아주머니, 미안하지만 아이가 너무 딸기를 먹고 싶어 하니 딸기 두세 개만 팔 수 없을까요?"

그것은 정말 아내의 진심이었다고 한다. 그러나 딸기 장수 아주머니의 반응은 매우 싸늘했다.

"이 아줌마가! 내가 딸기 장수 한다고 사람 무시하고 그러네. 어떻게 딸기를 두세 개 팔아. 재수 없으니 저리로 가!"

그것은 참으로 모진 말이었다. 그래도 아내는 어쩔 수 없었다고 한다. 다시 민애의 손을 이끌고 집으로 돌아오는 아내가 얼마나 서글펐을까. 또 그런 엄마를 따라 타박타박 걸어서 그 먼 제민천을 거슬러 집으로 돌아오는 민애는 또 얼마나 슬펐을까. 지금 생각해도 두 사람에게 매우 미안한 일이다.

작은 것, 오래된 것, 흔한 것이 모두 풀꽃이다

샤히라

살다 보니 별일도 많다. 내가 아프리카의 한 나라 알제리에 가게 된 일도 그렇고 그 나라에서 한 아리따운 아가씨 샤히라를 만난 일도 그렇다. 몇 해 전 3월, 한국펜클럽본부로부터 연락이 왔다. 알제리에서 한국과 알제리 펜클럽 공동으로 세미나가 있으니 같이 가지 않겠느냐고.

나는 실상 펜클럽 회원도 아닌데 오로지 그쪽의 호의로 가게 된 해외여행이었다. 급히 세미나 원고를 작성하고 일행을 따라서 비행기에 올랐다. 일행은 다섯 명. 알제리까지는 멀었다. 인천공항에서 탄 비행기는 카타르 도하공항에서 우리를 내려주고 다른 비행기가 다시 우리를 태우고 가는 장장 스무 시간 가까운 여정이었다.

알제리 도착 다음 날, 세미나장에서 만난 사람이 샤히라였다. 한국에서 오는 문인 명단에서 내 이름을 미리 확인했다고 한다. 샤히라는 독일어를 전공한 대학원 졸업생. 스물네 살의 아가씨. 알제리 주재 한국대사관에서 추진하는 세종학당이란 프로젝트를 통해 한글과 한국어를 1년 동안 배웠다고 한다.

놀라운 일이었다. 세미나에 앞서 한국에서 온 문인들을 소개하고 나서 자리에 앉자마자 뒷줄에 앉았던 아가씨 한 사람이 나에게로 다가와 말을 걸었던 것이다. 그것도 아랍의 여성이었다.

"선생님이 나태주 선생님 맞으신가요?"

"네, 내가 나태주 맞는데요."

"그럼 「풀꽃」 시를 쓰신 나태주 선생님 맞으신가요?"

"네, 그렇습니다."

그러자 젊은 여성은 제자리로 돌아갔다가 다시 내게로 왔다. 그러면서 나에게 노트 하나를 보여주었다. 그것은 한글로 된 시를 적어놓은 노트였다. 김소월의 「진달래꽃」, 윤동주의 「서시」, 김춘수의 「꽃」, 김광섭의 「마음」과 「저녁에」, 젊은 시인 원태연의 사랑시, 그리고 가수 김광석의 「너무 아픈 사랑은 사랑이 아니었음을」 가사.

그런데 그 노트에 나의 시가 세 편이나 적혀 있지 않는가! 「풀꽃·1」, 「풀꽃·3」, 「내가 너를」. 놀라운 일이었다. 그만 나는 흥분하고 마음이 많이 흔들렸다. 세미나 발표 도중 샤히라를 한국에 초대하겠다는 말을 하고 만 것이다. 그것도 10월에 열리게 될 풀꽃문학축제에 샤히라를 자비로 초청하겠다고 약속한 것이다.

그렇게 해서 6개월 뒤에 샤히라가 한국에 오게 되었다. 샤히라의 소원은 한국에 와서 한국 사람들을 많이 만나보고 한국말을 많이 해보고 한국의 여러 곳을 다녀보는 것. 오던 날 나는 공주의 여성 시인 한 사람을 불러 샤히라가 머무는 동안 '한국 엄마'가 되어달라고 부탁했다.

그로부터 2주일 동안 샤히라는 한국 엄마와 함께 신나게 이곳저곳을 돌아다니고 공주의 문화예술인들도 만나고 행사장에 나가고 관광지에도 가보고 특별한 음식도 먹어보면서 한국의 가을날을 보냈다. 알제리에는 꽃이 많지 않은데 한국에는 꽃이 많아서 좋고 단풍을 구경할 수 있어서 좋다고 했다.

샤히라를 한국으로 초청한 주된 목적은 풀꽃문학제에서 나와 함께 토크쇼를 하기 위해서였다. 샤히라는 무대에 올라

당차고도 예쁜 목소리로 중국에서 온 또 한 사람의 「풀꽃」 마니아인 취환 회장과 함께 한껏 고혹적인 자태를 뽐내면서 「풀꽃」의 아름다움에 대해서 이야기해 박수갈채를 받았다.

샤히라가 알제리로 돌아가던 날은 가볍게 가을비가 내리던 날. 내가 강연하는 학교까지 따라가서 강연하는 것을 구경하고 점심도 같이 먹고 나서 운전을 맡아준 문학관의 한 팀장 차로 인천공항으로 출발했다. 나와 악수를 하면서 여러 차례 울먹이기도 한 샤히라. 언제 다시 그를 만날 수 있을까.

비행기를 타러 들어가면서도 돌아보면서 많이 울었다고 한다. 크고도 맑고 깊은 눈. 유난히도 길고도 짙은 속눈썹. 언제 다시 볼 수 있을까. 샤히라를 다시 만나기는 알제리란 나라가 너무 멀고 아득하다. 잠시 내가 예쁜 꿈을 꾸었거니 그렇게 생각하고 마음을 달랜다.

샤히라의 「풀꽃」

「풀꽃」은 나의 시 가운데 가장 널리 알려진 작품이다. 아마도 우리나라 사람 대부분이 알지 싶다. 대놓고 이 시를 국민시라고까지 말하니까 황송한 마음이 들 정도다. 그런데 이 「풀꽃」은 외국인들에게도 알려진 시다. 일본이나 중국, 몽골 같은 동양권뿐 아니라 튀르키예 같은 나라에도 알려졌다고 들었다.

아프리카의 한 나라, 그것도 이슬람의 나라 알제리. 샤히라가 「풀꽃」을 알고 있는 건 특별한 일이다. 한국에 머무는 동안 여러 차례 샤히라에게 물어본 일이 있다. 「풀꽃」을 어떻게 해서 처음 알게 되었느냐고.

샤히라가 처음 이 시를 접한 것은 한국인 펜팔 친구의 '프사'에서였다고 한다. 나는 처음 '프사'란 용어도 모르는 사람이었다. 프사란 핸드폰의 메신저에서 자기를 알리는 프로필 사진을 말하는 젊은이들 용어였다. 거기에 「풀꽃」이 올라 있는데 제목도 없이 그냥 문장만 있었다는 것이다.

처음 읽었을 때는 그것이 시인지도 몰랐다고 한다. 다만 처음 한글을 배워서 따듬따듬 한글을 읽어 문장을 이해할 때 그 문장의 느낌이 강했다고 한다.

"그래, 처음 「풀꽃」 시를 읽었을 때 느낌이 어떠했는데?"

"네, 자세히 보아야 예쁘다, 그럴 때 슬픈 마음이 들었어요."

"왜 그랬을까?"

"아마도 제가 예쁘다는 소리를 듣고 싶었던가 봐요."

"그다음은 어땠는데?"

"오래 보아야 사랑스럽다, 그래서 더 슬픈 마음이 들었어요. 아마도 제가 또 사랑스럽다는 말을 듣고 싶었던가 봐요."

"그렇구나. 그럼 마지막 문장은 어땠는데?"

"너도 그렇다, 그래서 마음이 놓이고 행복해졌어요."

우리나라 사람들만 「풀꽃」을 읽고 마지막 부분에서 감동을 받는 줄 알았는데 그것은 알제리의 젊은이 샤히라에게도

작은 것, 오래된 것, 흔한 것이 모두 풀꽃이다

마찬가지였던 모양이다. 이런 데서도 나는 커다란 용기를 얻고 시에 대한 감동과 함께 신뢰를 회복한다. 두루 감사한 일. 시는 이렇게 세계적이고 영혼적인 구석이 있다.

　　세계에서 시를 가장 사랑하는 나라인 영국 사람들이 그런다는 말을 읽은 적이 있다. '우리는 셰익스피어 한 사람과 인도를 바꾸지 않는다', '셰익스피어의 문학 작품을 읽기 위해서라도 영어는 배울 가치가 있다.' 이 말에 대응하여 이렇게 적어본다. 「풀꽃」 한 편을 읽기 위해서라도 한국어는 배울 가치가 있다.' 감히 꿈꿀 수 없는 일을 꿈꾸어본다.

풍금

풍금. 오르간. 옛날 초등학교 교실에 있던 유일한 악기. 마흔 즈음의 젊은이들 중 초등학교 시절 선생님의 풍금 반주로 노래를 부른 기억이 없는 사람은 없을 것이다. 나도 초등학교 교사를 양성하던 학교인 사범학교에서 공부한 사람이다. 그러나 나는 체조에도 풍금 연주에도 별로 흥미가 없었고 또 좋은 점수를 맞지 못한 축이었다.

정작 학교에 첫 발령을 받고 보니 풍금 연주가 교사로서 꼭 필요하다는 걸 알았다. 그래서 방학이 되었을 때 학교에 있는 풍금을 리어카에 실어 날라 하숙방에 가져다 놓고 밤낮으로 연습을 했다. 몇 차례 방학을 그렇게 한 뒤로 건반이 손에 익으니 풍금과 친한 사람이 되었다.

풍금은 참으로 인간적이고 심정적인 악기다. 바람을 이용

작은 것, 오래된 것, 흔한 것이 모두 풀꽃이다

해서 소리를 내기 때문이 아닌가 싶다. 보다 자연과 가까운 소리. 보다 많이 사람의 숨결과 맞닿아 있는 소리. 교직에서 퇴임하면서 국산 풍금 한 대를 신제품으로 구입했다. 집에 있는 날 심심하면 학교 시절을 생각하면서 연주해보자는 생각이었다.

풀꽃문학관이 마련되었을 때 제일 먼저 가져다 놓은 것이 풍금이다. 그 풍금으로 동요를 연주하고 「풀꽃」 시로 만든 노래도 반주하며 방문객들과 노래를 한다. 오르간 반주로 노래를 하면 금세 마음이 하나가 되고 모르는 사람끼리도 친숙한 마음이 된다.

서로 다른 팀으로 온 사람들도 한 자리에 앉히고 악보를 나누어주고 노래를 부르게 한다. 풀꽃문학관에서만 부르는 노래, 「풀꽃」 노래다. 처음엔 서로 서먹했어도 몇 차례 노래가 돌면 이내 얼굴이 편안해지고 목소리가 부드러워지고 모르는 사람끼리도 친해지게 마련이다.

더러는 목에 힘을 주고 찾아오는 남정네나 교만한 표정으로 고개를 꼿꼿이 세우고 찾아오는 손님들도 있다. 방바닥에 그대로 앉으라고 그러면 매우 언짢은 표정을 짓기도 한다. 하지만 그런 사람들도 노래를 몇 곡 부르고 나면 고개가 부드러워지는 걸 볼 수 있다.

방문객 가운데 특별히 잊히지 않는 한 분이 있다. 공주의 검찰청 지청장으로 근무했던 검사인데 근무 기간 동안 자주 문학관에 들러 오르간 반주로 노래를 불렀다. 임기를 마치고 공주를 떠나던 날 문학관으로 나를 찾아와 이임 인사를 하고 갔다. 그런데 곧바로 다시 문학관을 찾아왔다.

"금방 다녀가셨는데 왜 또 오셨나요?"

"네, 문학관 풍금 소리에 맞추어 노래를 한 번 더 불러보고 가려고요."

풍금이 바로 그런 악기다. 사람 마음을 하나로 만들어주고 사람 마음을 쓰다듬어주고 위로해주고 안아주는 악기. 지극히 모성적인 악기. 마음의 고향 같은 악기.

그런데 요즘 초등학교 교실에서는 풍금을 볼 수 없다고 그런다. 그래서 학생들이 문학관에 왔을 때 풍금 소리를 들려주면 매우 낯설어한다. 하지만 풀꽃문학관에서는 여전히 풍금 소리가 들린다. 또 이 풍금 소리를 듣기 위해서 멀리서, 가까이에서 사람들이 찾아오기도 한다.

풍금. 오르간. 풍금 소리.

이것은 오늘만이 아니라 내일도 풀꽃문학관의 특별하고 도 조그만 특징이다. 부디 그렇게 되기를 소망한다.

말의 길을 찾아서

풀꽃문학관이 이제는 제법 세상에 알려졌다. 주말 시간이면 사람들이 많이 찾아온다. 어떤 때는 대형버스가 몇 대씩 온다. 이렇게 사람이 몰리면 한꺼번에 문학관 안으로 들일 수 없어 차례를 정하여 들어오도록 안내한다.

개인적으로 나와 친분이 있거나 구체적으로 나를 알아서 오는 사람들이 아니다. 무슨 볼일이 있어서도 아니다. 다만 「풀꽃」 시 한 편을 알고서 오는 사람들이다. 이것은 실로 놀라운 일이다. 시 한 편을 찾아서 사람들이 버스를 타고 오다니!

결국 이들은 말을 찾아서 오는 사람들이다. 말이 이렇게 무섭고 커다란 힘을 가졌다. 그것도 짧은 시 한 편이 내주는 길이다. 글자 수로 따져서도 스물넉 자 밖에 안 되는 문장이다. 그 문장이 세상 멀리까지 길을 만들고 그 길을 따라 사람

작은 것, 오래된 것, 흔한 것이 모두 풀꽃이다

들을 오게 한다.

그뿐만 아니다. 이 시는 또 나를 멀리까지 가게 한다. 일주일에도 예닐곱 번씩 외지로 나가 문학 강연을 하는데 이런 강연 모두가 「풀꽃」 시 한 편이 이끄는 일이다. 이 또한 놀랍지 않은가! 시 한 편이 나를 멀리까지 가게 하고 또 멀리에 있는 사람들을 오게 만들다니!

인간에게 언어가 없었다면 애당초 인간은 인간이 아니었을 터. 언어의 존재야말로 인간이 인간인 까닭이다. 인간을 영적인 존재가 되도록 이끄는 원인 또한 언어다. 언어 표현 가운데 가장 아름다운 것은 시의 문장. 다시 한번 시의 문장이야말로 영혼의 문장.

그러기에 시의 문장은 설명이나 번역 없이 직통으로 상대방에게 전달된다. 상대방의 심금과 영혼을 울려 시인의 마음과 같은 마음이 되게 한다. 그것은 오늘의 시만 그런 것이 아니라 수천 년 전의 시도 오늘에 이르러 같은 능력을 발휘한다.

가끔 학교 같은 곳에 가서 급식실에서 밥을 신세 질 때가 있다. 식판을 들고 서 있으면 밥을 푸는 아주머니들이 나를 보고 말하곤 한다. 시만 읽을 때는 젊은 사람인 줄 알았는데 많이 늙은 사람이라고. 인간적으론 섭섭한 말이지만 한편으론 고마운 말이기도 하다.

　늙은 사람의 젊은 시. 이것이 내가 꿈꾸는 나의 시가 아니던가. 이런 시 가운데 한 편인 「풀꽃」 시가 멀리멀리 길을 열어 사람들을 오게 한다. 시가 만들어주는 가늘고도 빛나는 길. 부디 오래 지워지지 마라. 시의 길을 따라 오는 사람들. 부디 오래 강건하시고 맑은 영혼이시여.

풀꽃문학관

거기에 가면 꽃들이 있다

거기에 가면 자전거가 있다

거기에 가면 고요가 있다

거기에 가면 풍금소리가 있다

거기에 가면 옛날이 있다

거기에 가면 시인이 있기도 하고

없기도 하다.

— 나태주, 「풀꽃문학관」

　나의 시 「풀꽃」을 기념하여 공주시가 개설한 문학관이다. 1930년대에 지어진 집이라니까 적어도 90년은 나이가 든 가옥에다가 조촐하게 문학적 자료를 모아서 만든 문학관이다.

풀꽃문학관에서는 실제의 풀꽃만 풀꽃이 아니고 모든 것이 풀꽃으로 통한다. 작은 것, 화려하지 않은 것, 오래된 것, 주변에 있는 흔한 것들이 모두 풀꽃의 의미를 갖는다. 심지어는 사람의 마음까지도 풀꽃의 의미로 통하고는 한다.

조금은 비좁고 어둡고 불편하고 구식인 공간이다. 의자도 없다. 그냥 방바닥에 앉는다. 의자 생활에 익숙한 도회인들은 이 점을 많이 불편하게 여긴다. 하지만 풀꽃문학관에서는 이러한 점들까지 포함하여 풀꽃문학관의 한 요소로 삼는다.

방문객이 없는 시간, 혼자서 방을 지키고 앉아 있노라면 온갖 소리가 들려와서 좋다. 도회와 문명의 소리가 아니다. 자연의 소리다. 뒤뜰 대나무 수풀에 바람이 와서 스적대는 소리. 비 오는 날 처마 밑에 빗방울 떨어지는 소리. 그렇다. 새소리, 새소리가 제일로 좋다. 어느 날은 뒤뜰에서 수탉의 소리가 들려 창문 틈으로 보았더니 그것은 장끼가 내는 소리였다. 그때 장끼도 수탉과 같은 소리를 낸다는 것을 처음 알았다.

그뿐 아니다. 어떤 때는 다람쥐가 내려오고 1년에 한두 번은 뒷산에서 고라니도 뛰어 내려와 제 풀에 놀라 도망치곤 한다. 풀꽃문학관에서 자연의 소리를 듣는 일은 일상적인 일이며 매우 즐거운 일이다. 공주와 같은 소도시에서 이러한 공간을 소유한다는 것은 피차간 축복이고 고마운 일이 아닐 수 없다. 그러기에 나는 외부 일정이 잡히지 않은 날은 될 수 있는 대로 문학관에 나가 방문객들을 만나려고 노력한다.

먼 길 마다하지 않고 찾아온 사람들. 말을 들어보면 사는 일이 지쳐서 왔다고 한다. 쉬고 싶어서 왔다고 한다. 사는 일이 지치고 쉬고 싶으면 집에서 편안히 쉴 일이지 왜 먼 길을 자동차를 타고 여기까지 왔느냐고 물으면 마음으로 지치고 힘들어서 그렇다고 대답한다. 지금은 몸으로 물질로 지치고 힘든 세상이 아니고 마음으로 느낌으로 지치고 힘든 세상인 것이다.

위로와 도움의 말이 필요하다고 한다. 응원이 필요하고 함께 가는 마음이 필요하다고 한다. 아, 그렇구나. 그런 마음들이 풀꽃문학관을 찾게 하는구나! 나는 잠시 이 대목에서 눈물겨운 생각이 들고 한 사람 조그만 시인으로서 사명감을 느끼기도 한다. 어떻게 하든 이렇게 힘든 사람들을 쓰다듬고 위로하고 부추기는 시를 써야 할 일이다. 어렵고 까다로운 시가 아니다. 쉬우면서도 힘든 마음에 도움이 되는 시 말이다.

다시금 밖에서 꾀꼬리가 운다. 열린 창으로 밖을 내다보면 뒤뜰 언덕 위에 심긴 벌개미취 꽃들이 한창이다. 벌개미취 꽃은 연한 파랑. 바람도 없는데 꽃대궁을 살래살래 흔든다. 오직 오늘도 나 살아서 다시금 꾀꼬리 울음소리를 들을 수 있음만이 행복이요 고마움이다.

작은 것, 오래된 것, 흔한 것이 모두 풀꽃이다

문학관의 자전거

언제부터 그랬는지 모른다. "공주, 풀꽃문학관 앞에 자전거가 놓여 있으면 문학관에 나태주 시인이 있고 자전거가 없으면 나태주 시인이 없다." 그래서 사람들은 멀리서도 문학관 앞의 자전거만 보고서도 문학관을 찾아오기도 한다.

처음엔 그냥 아무 생각도 없이 그 자리에 받쳐 놓아두었던 자전거다. 문학관은 공주의 봉황산 기슭에 조금은 높게 자리한 집이고 검정 빛깔의 일본식 집으로 이른바 적산가옥인 집. 문학관이 있는 자리는 공주에서 가장 조망이 좋은 곳.

그렇기 때문에 자전거를 끌고 올라가기에 조금은 숨이 차다. 자전거를 끌고 올라가다 보면 자연스럽게 멈추어지는 자리가 있다. 지금 자전거를 받쳐놓는 바로 그 자리다. 이렇게 아무 생각 없이 받쳐놓은 자전거를 오가는 사람들이 눈여겨

보다가 말을 지어낸 것이다.

어떤 때 자전거를 그대로 두고 시내 지역에 볼일이 생겨 문학관을 비우는 날이 있다. 그러면 사람들이 와서 따지듯 말을 한다고도 한다.

"문학관 앞에 자전거가 있는데 왜 나태주 시인은 없는 거냐!"

이제는 문학관 앞에 놓아두는 자전거가 나와 동격의 존재가 되어버렸다. 문학관의 트레이드마크가 된 셈이고 문화적 상징이 된 셈이다. 이것은 또 내가 의도적으로 그렇게 한 것이 아니라 저절로 그렇게 된 일이다. 바깥사람들이 그렇게 한 것이고 관광객들이 또 듣고 입소문을 낸 것이다.

적어도 문학관에서는 자전거가 나태주이고 능히 자전거가 시인 노릇을 담당한다. 언젠가 내가 이 세상에서 사라진 날, 이 자전거는 나 대신 문학관을 지키는 또 다른 주인이 될지도 모른다. 낡은 자전거다. 남자용 자전거도 아니고 여자용 자전거다. 나와 함께 오랫동안 살아서 낡고 병든 자전거다. 나처럼 헐겁고 삐걱거리는 자전거다.

그래도 나는 한동안 이 자전거와 더불어 공주 시내를 돌아다니며 살아 있고 싶다. 그러는 동안 가끔은 이 자전거가 문학관 그 자리에 놓여 있을 것이다. 그러면 아직도 나태주가 이 세상에 남아 있는 거구나, 그렇게 여겨주길 바란다.

일년초

　요즘 문학관에 여름 풀꽃들이 한창이다. 내가 숙근초를 좋아하는 사람이라서 문학관에 숙근초를 많이 심었지만 여름 한 철 꽃 보기 좋기로는 재래종 일년초들이다. 봉숭아, 분꽃, 채송화, 유홍초, 해바라기, 코스모스.

　꽃들은 주로 제 어미가 자라던 그 어름의 땅에서 싹을 틔우고 이파리가 자라 꽃을 피운다. 아침나절에 보기 좋은 꽃은 채송화다. 아침 햇빛을 받고 피어나는 채송화는 더없이 예쁘고 사랑스러워 눈부실 정도다. 마치 새롭게 눈을 뜨고 바라보는 아기의 눈매, 그것이다.

　한낮에 보기 좋은 꽃은 봉숭아와 해바라기다. 해바라기는 당당해서 좋고 봉숭아는 애처로워서 좋다. 분홍색, 빨간색, 주홍색 봉숭아는 한여름철의 새색시 수줍은 미소, 그것이다.

작은 것, 오래된 것, 흔한 것이 모두 풀꽃이다

저녁 무렵 좋은 꽃은 역시 분꽃. 예전 시계도 없이 살 때 시계를 대신해주던 꽃이다. 구름이 끼거나 비가 오는 여름날이면 이 꽃이 피어나는 것을 보면서 우리의 어머니들이 밥을 지으셨다.

문학관에 있는 분꽃은 세 가지 색깔이 들어 있는 좀 특이한 분꽃이다. 그 녀석들은 지난해 저희 엄마가 섰던 그 자리에 싹이 나서 다시 저희 엄마처럼 울울창창 우거진 나무숲처럼 자라 꽃을 피운다. 하루도 늦은 시각이면 분꽃이 피어난 것을 볼 수 있고 또 분꽃나무에서 분꽃 향기가 은은히 번져오는 걸 느낄 수 있어서 좋다.

아, 내가 다시 한 해를 살아 분꽃을 다시 키우고 그 분꽃에서 번져 나오는 향기를 맡는구나 싶은 생각이 들면 참으로 감사하고 여간 기쁜 생각이 드는 게 아니다.

어느 시인의 딸아이가 생각난다. 그 시인은 딸을 셋이나 낳은 사람. 딸아이들이 자라면서 마당가에 분꽃을 심어 가꾸었는데 어느 날 큰딸아이가 그렇게 말했다 한다.

"엄마, 분꽃 향기가 마악 이쪽으로 몰려오는 것 같아요."

여름날 저녁 분꽃 향기를 마음으로 느낄 줄 알고 표현한

이 아이의 말은 그대로 한 편의 아름다운 시가 아닌가 싶다.

문학관에서 특별한 꽃은 유홍초다. 유홍초는 지난해 아내가 동네에서 얻어다가 심은 꽃인데 올해는 여기저기에 싹이 나서 자라고 있다. 유홍초는 나팔꽃과 같은 넝쿨식물인데 나팔꽃보다 줄기나 이파리가 가늘고 꽃도 매우 작다. 꽃은 나팔꽃 모양인데 새빨간 것이 특징이다.

졸렬하지만 매우 강렬한 꽃이다. 나는 이 꽃을 '아내의 꽃'이라고 부른다. 아내가 사랑하고 아끼기 때문이다. 아내는 이 꽃을 창문 아래에도 심고 울타리 밑에도 심고 우체통 옆에도 심었다. 우체통을 휘감고 올라간 유홍초의 초록과 우체통의 빨강이 묘하게 어울려 조화를 이룬다.

이렇게 꽃들은 한 계절을 저희들 생명을 다하여 꽃을 피우며 잘 놀다가 그 자리를 떠날 것이다. 사람들이 구박하고 버리지만 않는다면 내년에도 그 자리에 이 꽃들의 이세들이 다시 태어나 제 엄마처럼 한 생을 누리다가 갈 것이다. 인간은 신의가 없어도 꽃들은 신의가 있다. 인간은 약속을 잊지만 꽃들은 약속을 잊는 법이 없다. 사람을 믿고 살기 어려운 날은 꽃들을 믿으며 살아볼 일이다.

작은 것, 오래된 것, 흔한 것이 모두 풀꽃이다

저녁의 문학 강연

어제저녁에도 청주의 한 고등학교로 문학 강연을 하러 갔다가 왔다. 갑자기 잡힌 문학 강연 일정이다. 가는 길 자동차가 많이 막혔고 시간이 밭아서 저녁밥도 제대로 먹지 못하고 시작했다. 1, 2학년 아이들이 강당에 오보록이 모여 있었다. 수능일이 이틀 뒤로 잡혀 있어서 학교 안은 적막했고 저녁 시간이라 그런지 어둡고 썰렁했다.

그래도 아이들이 강연을 듣는 태도는 진지했고 열심이었다. 나의 강연 내용은 별것이 아니다. 「풀꽃」 시를 설명하면서 우리는 이미 예쁜 사람이고 사랑받는 사람이라는 것을 강조하면서 진정한 인생의 성공이 무엇인가를 함께 생각해보는 그런 강연이다. 그런데도 아이들은 뜨겁게 호응해왔다.

참으로 모를 일이다. 이것은 순전히 나의 덕이 아니고 아이들의 덕이다. 세상 덕이다. 내가 시를 잘 써서도 아니고 내가 강연을 잘해서도 아니다. 아이들이 진정으로 원하기 때문에 저절로 문학 강연이 성공하는 것이다. 심지어는 강연 다음에 해주는 「풀꽃」 시 사인을 받고 울먹이는 아이들이 있고 그 사인을 가슴에 보듬어 안는 아이들이 다 있다.

아이들은 지금 많이 힘들고 지쳐 있고 누군가로부터 위로를 받고 싶고 진정한 응원이 필요한 것이다. 10대의 아이들이다. 그 아이들이 늙은 시인의 말에 귀 기울이며 눈시울을 붉히다니! 이것은 참으로 놀라운 일이고 가슴 아프기도 한 일이다.

돌아오는 길 강연을 주선해준 교사가 나를 공주까지 자동차로 데려다주었다. 차 안에서 요즘 아이들에 대한 이야기를 많이 나누었다. 요즘 아이들은 예전 아이들보다도 더 힘들어하고 외로워한다고 했다. 왜 그런가?

아이들이 학교에서 지내는 시간이 많아지고 가정에서 부모와 함께하는 시간이 점점 적어지다 보니 정에 굶주리고 정서적으로 안정이 안 되어 있다는 것이다. 그래서 아이들은 방황하고 학교폭력이나 왕따 같은 부적응으로 빠지고 심지어는 학교 밖 청소년으로 튕겨 나간다는 것이다.

이거야말로 큰일이 아닌가! 그래서 위로의 말을 듣고 싶어 하는 것이고 너는 앞으로 잘 살 수 있다, 잘 살아라, 소망을 갖자, 가치 있는 인간이 되자, 그런 케케묵은 말에도 감동으로 화답한다는 것이다. 이런 아이들이니 내가 피곤한 밤 시간이지만 문학 강연을 하러 간 것은 잘한 일이 아닌가.

나는 평생 러브레터를 쓰는 심정으로 시를 써온 사람이다. 나의 시는 실상 세상에 보내는 러브레터였다. 그러나 나의 러브레터는 오랜 동안 받아들여지지 않았고 답장도 없었다. 겨우 요즘에 와서야 러브레터가 받아들여지고 있고 답장도 더러 오고 있는 형편이다. 고마운 일이다.

이 지점에서 나는 생각해보곤 한다. 시인은 어떤 사람이어야 하는가? 우선은 언어 예술가이지만 세상을 향해서는 서비스업자가 되어야 한다고 생각한다. 세상 사람들을 위해서 노력하고 봉사하고 헌신하는 서비스업자 말이다. 지금 세상 사람들이 많이 힘들고 지쳐 있다 하지 않는가! 그들 옆에 보다 가까이 서서 그들을 위로해주고 부추겨주고 응원해주는 사람이 바로 시인이어야 한다. 그것이 바로 시인의 새로운 소임이라고 생각한다.

왜 「풀꽃」 시인가

자세히 보아야

예쁘다

오래 보아야

사랑스럽다

너도 그렇다.

— 나태주, 「풀꽃」

　나는 거의 60년 가까이 시를 써온 사람이고 창작시집의 권수도 50권 가까이 되어 시의 편수가 아주 많다. 왜 다른 시들은 알아주지 않고 오직 이 시 「풀꽃」만 알아주는가? 더러는 야속한 생각이 들기도 하고 더러는 그나마 다행이다 싶은 생각이 들기도 하는 대목이다.

그러면 이 시를 한번 들여다볼 필요가 있다. 첫 연에서 말한 "자세히 보아야 / 예쁘다"는 문장은 '자세히 보지 않으면 예쁘지 않다'는 내용이다. 속내가 그렇다. 그다음 연의 "오래 보아야 / 사랑스럽다"도 마찬가지로 '오래 보지 않으면 사랑스럽지 않다'가 된다.

이것이 문제다. 우리는 그동안 살아오면서 어떤 것도 오래 자세히 보지 않았고 그 누구도 오래 자세히 보지 않았다. 바쁘게 그야말로 '빨리빨리' 살다 보니 그런 섬세하면서도 진지한 삶의 태도가 부족했던 것이다. 작은 것들, 조그만 것들에 대한 관심, 주변 사람들에 대한 배려가 많이 아쉬웠던 것이다. 그래서 우리가 불행했던 것은 아닐까.

시에 나오는 풀꽃의 일차적 의미는 자연현상에서 만나는 풀꽃에 대한 관심과 사랑이다. 보다 구체적인 대상으로서 풀꽃이다. 그러나 더욱 깊은 의미, 이차적 의미는 작고 보잘것없는 모든 것들에 대한 관심과 사랑이다. 말하자면 삶의 태도와 의식의 문제 같은 것이다. 우리는 그동안 새것, 큰 것, 좋은 것,

비싼 것만 좋아하는 경향이 있었다. 여기서 좀 벗어나자는 뜻이 이 시 안에 들어 있다.

실상 우리들 삶이란 것은 하루하루 지루하고 짜증스럽고 권태롭기까지 한 것이다. 그걸 그대로 받아들이자니 불행한 느낌이 드는 것이다. 여기서 반전을 요구한다. 그것이 바로 '자세히 보고 오래 보기'다.

그러면 일상적인 것, 오래된 것, 낡은 것, 작은 것, 별로 좋지 않은 것, 값싼 것들까지도 귀하고 소중하게 보일 것이다. 그것은 실은 삶의 태도에 대한 하나의 충고이고 발상의 전환이다. 인생관 내지는 삶의 방식에 대한 변화를 말하는 것이기도 하다.

우리들 불행의 가장 큰 이유는 타인과의 지나친 비교에서 오는 열등감과 소외감, 박탈감에 기인한다. 여기서 우리는 자기 자신이 세상에서 가장 귀하고 아름답고 사랑스럽다는 자각을 일깨워 세워야 한다. 그렇지 않고서는 안 된다. 그런데, 그런데 말이다. 우리를 지탱해주는 자존감이란 게 문제다.

자존심과 자존감은 조금 다르다. 어디까지나 자존심이 대인관계 속에서 다른 사람과 나를 비교하면서 나를 귀하게 여기고 높이는 마음이라면 자존감은 스스로 자신을 높이고 받드는 마음이다. 우리의 자존심은 그 어떤 나라 사람 못지않게 높고 당당한 편인데 정작 내면적인 자존심, 즉 자존감은 많이 부족하다는 것이다.

이것이 문제다. 이러한 자존심과 자존감의 차이, 그 공간에 불행감이 끼어들어 가는 게 아닐까 싶다. 그래서 내 나름대로의 진단이라면 많은 사람들이 불행함을 느끼는 것이고 이러한 불행함이 「풀꽃」 시에 몰두하는 것이고 지지를 보내는 것이라는 판단이다.

오늘날 우리는 거의 모두가 물질적 풍요를 누리고 있고 거의 모든 사람들이 예쁘고 잘생긴 사람들이고 또 사랑받는 사람들이다. 그런데도 정작 자기들은 잘살지 못하고 예쁘지 않을뿐더러 사랑받지 못하는 사람들이라는 이 비정상적인 자각이 결국은 「풀꽃」 시로 몰리는 듯하다.

이 대목에서 우리는 마땅히 나 자신이 그런대로 잘 사는 사람임을 인식하고 예쁘고 사랑스런 사람임을 발견, 괜찮다, 괜찮다, 이만하면 됐다, 그런 다스림과 함께 만족감을 가져 행복한 마음을 되찾아야 한다고 본다. 그것이 오늘을 사는 사람의 한 지혜라고 본다.

특히 초등학교 아이들에게 묻는다. "얘들아, 이 시에서 가장 마음에 와닿는 구절은 어디냐?" 그러면 이구동성으로 "너도 그렇다"라고 대답해 온다. 이건 다시 한번 놀라운 일이다. 미리 상의하거나 편을 짠 것도 아닌데 일제히 그렇게 답한다는 것은 우리 인간이 그만큼 영적인 존재란 것을 증명하는 한 사례다.

평소 나는 즐겨 '좋은 시란 설명이나 해설의 중간 과정 없이 곧장 독자에게 이해되고 전달이 된다'란 말을 해왔는데 바로 이러한 말을 증명하는 경우라 할 것이다. 어쨌든 '너도 그렇다', 이 대목이 이 시의 핵심이고 가장 임팩트가 있는, 감동적인 부분이다.

너도 그렇다. 그 말이 독자에게 가면 '나도 그렇다'가 된다. '너'와 '나'가 둘이 아니고 하나라는 사실. 너는 나다. 나는 또 너다. 이 물아일체(物我一體)의 세상. 나아가 우아일체(宇我一體)의 사상. 이제 우리는 지나치게 너와 나를 분별하지 말고 너는 나고 나는 또 너다, 그런 너그러운 심정으로 세상을 살아가야 하겠다.

작은 것, 오래된 것, 흔한 것이 모두 풀꽃이다

우리도 이제는 변할 때다. 삶의 태도를 바꿀 때다. 아니다. 이미 많이 변하고 있고 바뀌고 있다고 본다. 분명 세상에서 귀한 존재는 나 자신이지만 그 귀한 존재인 나를 지탱하기 위해서는 내 앞에 있는 네가 필요하다. 너한테 잘해주어야 하고 너를 섬겨야 한다. 너를 소중히 알고 잘 가꾸어야 하며 충분히 배려도 해주어야 한다.

'너도 그렇다.' 이 문장은 매우 간명하고 단순한 것이지만 인간인 내가 쓴 것이 아니고 내 밖에 있는 그 어떤 존재, 시심이라 해도 좋고 영감이라 해도 좋은 그 어떤 신비한 존재가 나더러 쓰라고 권유해주어서 쓴 문장이다. 이러한 문장을 두고 나는 또 이런 말을 하기도 한다. '사람의 마음을 울리는 시가 되려면 그 안에 신이 주신 문장이 꼭 있어야 한다'고.

「풀꽃」 사인

오늘도 사인을 했다. 몇 장을 했는지도 모르게 많이 했다. 문학 강연장에서는 기본이고, 풀꽃문학관에 머물 때 관광객들이 오면 관례처럼 사인을 청한다. 심지어 길거리나 시장 통에서도 나를 알아보는 독자들을 만나면 사인을 해달라고 한다. 처음엔 쑥스러웠는데 이제는 당연한 듯 사인을 해준다.

사인을 할 때는 보통 자기 이름과 날짜 정도만 써주지만 나는 그것이 아무래도 밋밋한 것 같아서 상대방의 이름과 날짜, 나의 이름을 적고 그 아래에 「풀꽃」 시를 적어준다. 적어주더라도 전문을 적어준다. 물론 비뚤거리는 문인 특유의 악필이다.

그런데 그것이 아니다. 사인을 해주는 이쪽보다 사인을 받는 쪽의 반응이 심상치 않다. 어떤 경우엔 가슴이 떨린다고 말하기도 하고 정말로 가슴을 쓸어내리는 사람도 있다. 종이에 적는 글자의 수가 많다 보니 시간이 꽤나 걸린다. 뒤에 줄을 선 사람에겐 기다림과 인내심이 요구되기도 한다. 그렇지만 개의치 않고 조용히 기다린다.

어른들만 그런 것이 아니고 어린 학생들, 심지어 초등학교 학생들까지 길게 줄을 서서 사인을 받는다. 그런 것을 보면 학교 선생님들도 놀라워하면서 나중에는 자기들도 사인을 해달라고 줄을 선다. 말하자면 아이들을 통해서 어른들이 배우는 공부다.

나 자신도 놀란다. 그냥 종잇장 한 장에 쓴 사인이다. 그런데 어떤 아이들은 자기 이름을 써야 할 자리에 어머니나 아버지, 언니나 동생 이름을 대신 써달라 하기도 한다. 그래 내가 한 사인이 무슨 무당의 부적이라도 된단 말인가! 눈물겨운 일이다. 그래서 나는 작은 글씨로 '효자 아들을 두어서 기쁘시겠습니다', '효녀 딸을 두셔서 좋으시겠습니다'라고 써주기도 한다.

가져다가 조금만 보고 버려도 좋고 아무렇게나 처박아 두어도 좋겠다. 중요한 건 한순간이라도 이런 사인을 원하고 소중히 여기는 마음이다. 이런 마음을 간직하면 세상의 모든 것들을 소중하고 아름답게 보는 눈을 갖게 될 것이고, 그렇게 살다 보면 필경 그의 인생조차도 아름다워질 것이다.

그래서 나는 학교에서 사인을 하다가 미처 못 해준 아이들이 있으면 그 아이들의 이름을 적어 가지고 집으로 돌아온 뒤, 시간이 날 때 차근차근 사인을 해서 학교로 보내주곤 한다. 그런 학교, 그런 아이들이 많다 보니 때로는 중노동이다 싶고 길게는 일주일을 넘게 두고 해야 할 때도 있다. 하지만 귀찮다는 생각을 떨치고 최대한 열심히 사인을 해서 학교로 보내준다.

요는 약속이다. 더구나 어린 사람들과의 약속이다. 시를 쓴다는 사람이 아이들에게 사인을 해준다고 말해놓고 그것을 지키지 않으면 아이들은 그럴 것이다. '말 따로 행동 따로'라고. 그래서 약속을 적당히 지키지 않아도 된다는 것까지도 부지불식간에 배우게 될 것이다. 어른들이 아이들에게 한 약속을 지키면 아이들은 저절로 약속을 지키는 아이들이 될 것이다. 그것은 분명한 일이다. 그래서 나는 내가 하는 사인 한 장이 매우 중요하다고 생각한다.

이렇게 사인을 할 때는 사인을 해주는 사람과 받는 사람 사이의 교감이 중요하다. 그냥 아무렇게나 형식적으로 해주는 것이 아니라 정성껏 해주는 사인이라는 걸 저쪽이 알도록 해야 한다. 그야말로 그 관계는 일대 다수의 관계가 아니라 일대일의 관계다. 또 그것은 복사본이 아니고 유일본이다. 하기는 우리네 인생이 유일본이고 우리들 자신이 유일본이다. 이런 데서도 우리는 상호간 자존감을 깨우칠 수 있는 일이다.

꽃들에게 인사를

꽃들에게 인사할 때

꽃들아 안녕!

전체 꽃들에게

한꺼번에 인사를

해서는 안 된다

꽃송이 하나하나에게

눈을 맞추며

꽃들아 안녕! 안녕!

그렇게 인사함이

백번 옳다.

작은 것, 오래된 것, 흔한 것이 모두 풀꽃이다

이것은 내가 쓴 「꽃들아 안녕」이란 제목의 시다. 정말로 나는 그렇게 생각한다. 꽃들에게 알은체 인사를 할 때도 한꺼번에 쭉 훑어보면서 거만한 태도로 안녕! 그렇게 인사해서는 꽃들이 좋아하지 않을 것 같다는 생각이다. 차라리 그렇게 인사를 할 테면 안 하는 편이 나을지 모른다.

길을 가다가 예쁘게 피어 있는 꽃을 보면 어떻게 해야 하나? 나는 일단 발길을 멈춘다. 그러고는 그 자리에 쭈그리고 앉아서 꽃과 눈을 맞춘다. 위에서 내려다볼 때와 쭈그리고 앉아서 옆에서 볼 때의 꽃은 영판 다른 꽃이 된다. 위에서 보는 꽃은 수직의 꽃, 군림이나 지배 개념의 꽃이지만 옆에서 보는 꽃은 수평의 꽃이고 평등이나 호혜 개념의 꽃이다.

대번에 꽃의 표정이 달라진다. 작은 꽃송이가 커 보이고 그저 그런 꽃이 웃음 가득 머금은 예쁜 꽃이 된다. 바람이 살랑살랑 불면서 그 꽃의 얼굴을 간질이는 귀여운 모습을 발견하기도 할 것이다. 이렇게 되면 꽃은 더 이상 그냥 단순한 꽃이 아니다. 하나의 인격이고 대등한 생명체다. 그것은 꽃만 그런 것이 아니라 주변의 만물이 다 그러할 터. 산길에서 만나는 나무 한 그루 한 그루가 그러할 것이고 하늘을 흐르는 흰 구름도 그러할 것이고 새 한 마리, 벌레 한 마리조차 그러할 것이다.

내가 독자들을 만나 사인해주는 행위도 이와 다르지 않다. 나의 자세를 낮출 만큼 낮추고 상대방을 귀히 받드는 마음으로 사인을 해줄 때 사람들은 누구나 좋은 생각을 가지도록 되어 있다. 때로는 감동을 받기도 할 것이고 자기 자신이 환대받는다는 느낌을 갖게 될 것이다. 누군가한테서 잘 대접받는 것 같은 느낌! 그것은 참 좋은 것이다. 그것을 나는 행복이라고 부르고 싶다.

우리 부디 서로가 서로에게 잘해주자. 내가 고달픈 마음이 들어 다른 사람에게서 위로를 받고 싶은 사람이라면 내가 먼저 다른 사람을 이해해주고 위로해주자. 부추겨주기도 하자. 자리이타(自利利他)란 말이 있다. 자신과 남에게 다 함께 이롭게 한다는 뜻의 불교 용어다. 결국 남에게 잘하는 것이 나에게 잘하는 것이다. 부디 우리 서로가 서로에게 도움이 되고 잘해주는 삶이 되도록 하자.

작은 것, 오래된 것, 흔한 것이 모두 풀꽃이다

나의 시에게 부탁한다

　나는 오랜 세월 시를 쓴 사람이다. 그러나 그보다 더 오래 시를 읽어온 사람이다. 왜 나는 그렇게 오랜 세월 시를 읽어왔을까? 시를 읽어서 아무런 도움이 없었다면 시를 읽지 않았을 것이다. 시를 읽어서 무언가 도움이 있었기에 시를 읽었을 것이다.

　그렇다. 시를 읽어서 충분한 도움이 있었다. 살기가 힘들고 어려울 때 특히 마음으로 지쳤을 때 시가 도움이 되었다. 마음에 위로가 있었고 기쁨이 따랐다. 바로 그것이다. 그래서 나는 '유명한 시가 아니라 유용한 시'라는 말을 한다. 시가 유명해서 읽는 것이 아니라 유용해서 읽는다는 것이다.

　열여섯 청소년 시기 이래 나는 수많은 시를 읽으며 그 시들을 가슴에 품고 살아왔다. 시가 나의 삶에 힘이 되어주었다는 말이다. 내일에 대한 소망을 가질 수 있었으며 견디기 어려운 고비마다 견딜 수 있는 여유와 능력을 제공했다.

이제 나는 나의 시에게도 부탁하려고 한다. 내가 젊은 시절, 어려웠던 시절 다른 사람들의 시를 읽고 도움을 받았던 것처럼 나의 시여, 너도 될수록 멀리멀리까지 날아가서 내가 아직 모르는 사람인 그 누군가에게 도움이 되어다오. 그들에게 위로가 되고 기쁨이 되고 축복이 되어다오.

그들이 목마른 사람이라면 한 모금의 찬물이 되고, 그들이 지친 사람이라면 따스한 악수가 되고, 그들이 먼 길을 준비하는 사람이라면 동행이 되고, 그들이 외로운 사람이라면 가슴에 꽃다발이 되어다오. 그러기 위해서 나의 시는 어떠해야 하는가, 생각해본다.

나는 시의 조건으로 몇 가지를 꼽는다. 첫째, 짧다(Short). 둘째, 단순하다(Simple). 셋째, 쉽다(Easy). 넷째, 근본적이다(Basic). 거기다가 하나를 더 보탠다면 감동(Impact)이 있을 것이다. 적어도 나의 시가 이런 조건만 갖춘다면 살기 힘들고 고달픈 사람들에게 도움을 줄 수 있을 것이라고 믿는다.

사람은 밥만 먹고 공기와 물만 마시고는 살 수 없는 문화적이고 영혼적인 존재다. 그렇기 때문에 몸을 위해서만 영양분을 주는 것이 아니라 자기의 마음과 영혼을 위해서도 영양분을 주어야 한다. 그 영양분이 바로 위로이고, 휴식이고, 기쁨이고, 칭찬이다.

그동안 힘들었지, 잘했어, 이젠 됐어, 이젠 쉬어도 좋아, 조금만 더 기다려보자고, 앞으로 좋은 일이 있을 거야, 그렇게 자신을 쓰다듬고 감싸 안아주고 기다려주고 참아주어야 할 일이다. 그러다 보면 조금씩 지친 마음이 회복되고 좋아질 것이다. 겨울을 견딘 봄 들판에 새싹이 돋듯이 말이다.

이러할 때 가장 적절한 방법은 시를 사랑하고 좋은 시를 골라서 읽어보는 것이다. 좋은 시를 읽다 보면 자기도 모르는 사이 자기 마음이 가라앉으면서 밝아지는 것을 느낄 수 있을 것이다. 하나의 회복이고 소생이다. 자연에게 자생능력이 있듯이 인간의 마음에도 자생능력이 있는 까닭이다.

또다시 나는 나의 시에게 부탁한다. 나의 시여, 될수록 멀리, 멀리까지 날아가서 될수록 많은 사람들을 만나거라. 그래서 그들에게 이웃이 되고 친구가 되고 그들이 필요로 하는 그무엇이 되어라. 부디 유명한 시가 되지 말고 유용한 시가 되어

라. 마음의 약이 되어라. 나의 시가 고장 난 마음의 치료제가 된다면 얼마나 좋을까! 혼자서 발돋움해보는 마음이다.

작은 것, 오래된 것, 흔한 것이 모두 풀꽃이다

좋다

놀랍게도 아기들이 말을 배우면서 비교적 빠르게 배우는 말이 '싫다'라고 한다. 왜 그럴까? 주변 사람들로부터 '싫다'란 말을 많이 들은 탓일 것이다. 우리 손자 아이 어렸을 때의 일이다. 우리 집에 오면 텔레비전을 틀어놓고 만화영화를 보는데 '앵그리버드'란 만화영화를 보는 것이 이해가 되지 않았다.

화면 속에서는 주둥이가 크고 붉은 앵무새가 나와 계속해서 화를 내고 있었다. 그걸 세 살짜리 아이가 보고 있는 것이다. 아니나 다를까. 그즈음 손자 아이 입에서 가장 많이 튀어나오는 말이 '싫어'란 말이었다. 나더러도 툭하면 "싫어" 하고 대답했다. 그만큼 주변에서 듣는 말은 중요하고 미디어의 영향은 컸던 것이다.

매사에 긍정적인 생각이나 태도로 살면 삶 자체가 좋아진다는 것은 누구나 다 아는 사실이다. 그렇지만 날마다 그렇게 살 수만은 없다는 것 또한 우리들이 잘 아는 사실이다. 가능하다면 우선 말부터 좋은 말을 하면서 살았으면 한다. 긍정적인 말, 부드러운 말, 아름다운 말 말이다.

문화원에서 근무할 때 함께 일했던 영이는 과묵하고 잘 웃지 않는 아가씨였다. 그렇지만 마음씨만은 부드럽고 선량하고 깊어서 남의 일을 잘 헤아려주는 지혜로운 아이였다. 일을 하다가 가끔 의견을 물으면 제 속내를 쉽게 보여주지 않았다. "어때?" 하고 물어도 조용히 웃고만 있을 때가 많았다.

그러다가 어느 날 "좋아요"라고 말해줄 때가 있다. 드물게 해주는 '좋아요'란 말, 그 말이 나는 무척 인상 깊었다. 그래, '좋아요'란 말이 얼마나 좋은가! 그래서 언뜻 쓴 시가 「좋다」란 작품이다. 매우 작은 시, 소품이지만 사람들이 좋아하는 작품이다.

> 좋아요
> 좋다고 하니까 나도 좋다.
> ― 나태주, 「좋다」

위의 시 가운데에는 두 사람이 들어 있다. 나이 어린 사람과 나이 든 사람. 두 사람이 하는 대화 내용 그대로다. 제목까지 해서 '좋다'란 말을 네 번이나 되풀이하고 있는 것이다. 나는 생각해본다. '좋다'란 말을 되풀이해서 '좋은' 느낌이 생기는 것일까. 아니면 '좋은' 느낌이 있어서 '좋다'란 말을 되풀이하는 것일까.

두 가지 다일 수도 있지만 나는 앞의 경우, '좋다'란 말을 되풀이해서 '좋다'란 느낌이 오는 것이라는 쪽을 지지하고 싶다. 만약 위의 시를 다음과 같이 바꾸어보자. '싫어요 / 싫다고 하니까 나도 싫다.' 분명 싫은 느낌, 나쁜 느낌이 생길 것이다.

인간은 의외로 언어에 의해 지배되는 생명체이다. 될수록 좋은 느낌, 부드러운 느낌, 아름다운 느낌이 드는 말을 가까이하면서 아름답게 부드럽게, 그리고 좋게 살아야 할 일이다.

나는 너다

　사람의 대인관계는 나와 너로 이루어진다. 나는 일인칭이며 이쪽, 너는 이인칭이며 저쪽. 우선은 이쪽인 내가 급하고 소중하다. 그러나 살다 보면 나와 더불어 네가 중요하다는 것을 알게 된다. 너, 그대, 당신, 그 사람, 나와 마주하는 사람이겠다.

　비록 독신으로 사는 사람이라 해도 인간세계의 도움 없이는 도저히 혼자서 살 수가 없다. 외로워서도 그렇지만 그런 능력이 없어서 그렇다. 그러므로 독신자라 해도 혼자서 사는 것이 아니다. 그만큼 너의 존재는 막강하고 소중하다.

　애당초 나와 너를 지나치게 갈라서 생각하지 말아야 했다. 네가 아프니까 나도 아프다는 생각을 해야만 했고, 네가 즐거우니까 나도 즐겁다는 생각을 해야만 했다. 그래야 우리의 뿌리 깊은 외로움도 조금씩 가벼워지지 않을까 싶다.

'우분투(Ubuntu)'라는 말이 있다. 오래전 유럽의 인류학자 한 사람이 남아프리카 반투족 지역에서 한 가지 실험을 했다고 한다. 그곳 아이들을 몇 명 모아놓고 그들이 얼마나 경쟁심이 있나 하는 것을 알아본 실험이었다고 한다.

우선 인류학자는 아이들이 좋아하는 과일을 한 바구니 준비해서 저만큼 나뭇가지에 매달아놓고 이쪽에 세워놓은 아이들에게 뛰어가서 제일 먼저 과일바구니를 터치하는 사람에게 과일을 전부 주겠노라 제안했다고 한다.

인류학자의 처음 생각은 그랬다고 한다. 여기 아이들도 유럽의 아이들처럼 다투어 뛰어가서 제일 먼저 과일바구니에 손을 대는 아이가 과일을 차지할 것이라고. 그렇지만 예상과는 달리 아이들은 뛰어가라는 신호와 함께 정답게 손을 잡고 나란히 걸어갔다고 한다.

과일바구니 앞으로 간 아이들은 동시에 그 과일바구니를 나뭇가지에서 내려 모두가 둘러앉아 정답게 과일을 나누어 먹더라는 것이다. 이에 놀란 인류학자가 물었다.

"얘들아, 너희들 왜 그렇게 과일을 나누어 먹는 거냐? 내가 가장 빨리 뛰어가는 아이가 다 가지라고 했잖니?"

그러자 아이들은 입을 모아 말했다고 한다.

"우분투."

"그게 무슨 뜻인데?"

"그건 우리가 함께 있어 내가 있다, 라는 뜻이에요. 어른들이 늘 그렇게 말했어요."

우분투란 남아프리카 말로 공유정신을 뜻하는 단어였다고 한다.

그렇다. 우리와 함께 나다. 너와 함께 나고 나와 함께 너다. 이제 우리는 너를 챙기지 않으면 살 수 없는 세상에 와 있다. 네가 잘 되는 길이 내가 잘 되는 길이며 너와 함께 하는 삶이 좋은 삶이다. 너 없이 내가 없고 나 없이 너도 없다는 걸 이제라도 알았으니 참 다행스런 일이다.

작은 것, 오래된 것, 흔한 것이 모두 풀꽃이다

부디 아프지 마라

한 달에 한 차례씩 EBS 라디오 '정애리의 시 콘서트'에 나갈 때의 일이다. 녹음방송이 아니라 생방송이라 여간 부담이 되는 게 아니었다. 하지만 생방송이므로 박진감이 있고 그야말로 생명력이 있어서 좋다.

방송 진행자인 정애리 씨는 의외로 젊은 모습이었다. 그동안 내가 보아온 연속극 같은 데서 정애리 씨가 주로 노역을 맡아서 그렇게 각인되었지 싶다. 이름 있는 배우 치고는 무던하고 겸손해서 좋았고 맑아서 좋았다.

신앙심이 깊고 봉사활동을 많이 하는 인물로 알려졌는데 그런 내공이 쌓여서 그런 인상이지 싶었다. 무엇보다도 그녀의 목소리가 좋았다. 높지 않은 목소리, 그 나직한 목소리로 조곤조곤 시를 읽을라치면 어쩌면 저리도 시를 잘 읽는지 옆에서 보기에도 감탄이 저절로 나온다.

정애리 씨하고는 처음부터 호흡이 잘 맞았다. 그건 오로지 사회자로서 이야기의 상대를 편안하게 해주는 정애리 씨의 인간적 노력 덕분이다.

그동안 출연해오면서 여러 편의 자작시를 읽었는데 그 가운데에서 가장 인상 깊었던 것은 「멀리서 빈다」란 시다. 시를 읽은 다음 곧장 청취자의 반응이 스튜디오 안으로 마치 썰물처럼 전해져 왔다.

어딘가 내가 모르는 곳에
보이지 않는 꽃처럼 웃고 있는
너 한 사람으로 하여 세상은
다시 한 번 눈부신 아침이 되고

어딘가 네가 모르는 곳에
보이지 않는 풀잎처럼 숨 쉬고 있는
나 한 사람으로 하여 세상은
다시 한 번 고요한 저녁이 온다

작은 것, 오래된 것, 흔한 것이 모두 풀꽃이다

가을이다, 부디 아프지 마라.

— 나태주, 「멀리서 빈다」

특히 마지막 문장인 '부디 아프지 마라'에 주목했다. 그 말
이 자기에게 해주는 말처럼 느꼈다고 했고 자기가 사랑하는
사람, 누군가에게 들려주고 싶은 말처럼 느꼈다고 했다. 독자
가 이렇게 시에 공감하고 감동하는 것은 피차에 고마운 노릇
이다.

'부디 아프지 마라', 이 구절에 오늘날 많은 사람들이 이토
록 마음을 주고 때로는 감동을 받는 것은 아무래도 아픈 사
람들이 많아서 그런가 보다. 몸만 아픈 것이 아니라 마음이
아픈 것이다.

그것이 문제다. 이 마음이 아픈 사람들을 위해 시인인 나
는 무엇을 할 것이며 나의 시는 어떤 소임을 맡아야 할 것인
가? 방송을 진행하는 동안 나는 내내 눈물을 글썽였고, 정애
리 씨도 자주 울먹이는 목소리를 감추지 못했다.

몸이 아프고 마음이 아픈 사람들에게 일개 가난한 시인일
뿐인 나는 특별히 해줄 만한 일이 없다. 다만 그들의 아픔을

같이 느끼고 그 아픔을 글로 써서 되돌려주는 수밖엔 없다.

'너무 힘들어하지 마세요. 내가 곁에 있습니다. 나도 당신과 같은 것을 느끼고 아파하고 있답니다.' 앞으로도 나는 그런 심정으로 글을 쓰고 또 쓸 것이다.

아내에게

김성예 여사. 참 오랜만이에요.

이런 편지를 언제 썼던가? 결혼을 하고 나서 이듬해던가, 그 이듬해던가 내가 학교 선생으로서 강습이라는 걸 받기 위해 잠시 고향 집에 당신을 남겨놓고 대전이나 공주에 머물러 있을 때 몇 차례 짧은 편지를 썼던 기억이 납니다.

이제 새삼스럽게 무슨 말을 써야 할지, 막막한 심정인 채로 컴퓨터 앞에 앉아 망설여봅니다. 생각해보면 엎어지고 젖혀지면서 가늘고도 길게 이어온 날들이었지요. 우리가 결혼을 한 것이 1973년 가을이니까 반세기가 넘는 세월입니다.

우리는 중매로 만났고 별다른 사랑에 대한 확신도 없이 결혼 생활을 시작했지요. 그러나 우리의 신혼 생활은 결코 순탄하지 못했고 그 이후의 생활도 줄곧 힘이 들었지요. 무엇보다도 아이들 문제와 가난과 질병 때문에 힘이 들었지요.

우리에겐 아이가 쉽게 생겨주지 않았습니다. 첫 번째 한임신이 잘못되어 두 차례나 큰 수술을 받고 나서 당신은 평생을 병약한 사람으로 살아야 했지요. 그 뒤 겨우 아이 둘을 얻었으나 아이 키우는 일, 아이들과 함께 사는 일에 또 당신은 힘겨워했지요.

그다음은 가난한 집안 살림입니다. 당신도 알다시피 원래우리 집안은 형제가 여섯이나 되고 논 여섯 마지기뿐인 빈농이었지요. 그러다 보니 부모님은 은근히 우리에게 경제적인도움을 요구하는 형편이었지요.

그래서 우리가 서로 부부싸움을 했다 하면 시댁 문제와돈 문제가 가장 큰 비중을 차지했을 것입니다. 아예 봉급날이가까워지면 우리 둘은 돈 문제 때문에 신경이 곤두서곤 했지요. 이미 쓸 돈이 바닥난 형편에 누군가 남들한테 돈을 빌려서 써야 했기 때문이었지요.

그 당시 초등학교 교사의 봉급 수준은 매우 열악했고 오늘날 있는 상여금 제도 같은 것도 없어 더욱 힘겨운 형편이었지요. 더구나 자주 앓고 병원 신세를 져야 하는 우리로서는

작은 것, 오래된 것, 흔한 것이 모두 풀꽃이다

의료보험 같은 혜택도 없어 매양 휘청거려야만 했지요.

그동안 살면서 당신은 여섯 차례 대수술을 받았고 나 또한 네 차례나 대수술을 받은 사람이 되었지요. 그래서 우리는 열 번 깨진 항아리라고 말하면서 살고 있지요. 참 그것만 생각해도 우리가 어떻게 그 고비들을 넘겼는지 아득한 일이에요.

그다음으로 우리가 함께 살면서 힘들었던 이유는 모두가 나한테 있는 것 같습니다. 본디 고집이 세고 변덕이 심하고 까칠한 성격을 가진 게 바로 나란 사람이었지요. 게다가 저 좋은 일만 하는 사람이니 함께 살아주기 참 힘들었을 것입니다.

미안해요. 고마워요. 나 같은 사람과 그렇게 오랜 세월 견디며 살아줘서 참으로 감사해요. 이제 와서 하는 이야기지만 세상에 와서 내가 당신을 만난 것은 최대의 행운이었고 당신이 나를 만난 것은 최대의 악운이었지 싶어요.

지금까지 살면서 내가 가장 많이 빚을 진 사람이 있다면 어린 시절에 나를 키워주신 외할머니와 어른이 되어서 만난 당신일 거예요. 그 두 사람이 나를 오늘의 사람으로 만들어주었다 할 거예요.

직업이 초등학교 선생이었지만 나의 삶의 목표는 좋은 선생이 되는 것보다 좋은 시인이 되는 것이었지요. 그래서 나는 교직은 직업이고 시인은 본업이라는 궤변을 하면서 살았지요. 이렇게 까다롭고 뒤틀리는 인간과 살았으니 아마도 당신의 괴로움은 배가되었을 줄 압니다.

무엇보다도 시인으로 바로 서고 싶었습니다. 그러나 그것은 어려운 일이었고 불가능한 일이었습니다. 시골에서 사는 가난한 초등학교 선생인 데다가 대학도 나오지 않아 서울에 연줄도 없고요, 그렇다고 잡지나 문학단체와의 유대도 없을 뿐더러 이념적인 배경도 없었기 때문이었지요. 그야말로 그것은 자갈밭에 뿌린 씨가 싹이 터서 무성하게 자라는 것을 꿈꾸는 일과 같았습니다.

하지만 당신의 도움이 있었기에 나는 아직도 한 사람 시를 쓰는 사람으로 살고 있고 200권도 넘는 책을 내는 사람이 되었습니다. 뿐더러 공주 사람도 아니면서 공주에 나태주풀꽃문학관을 세우고 또 풀꽃문학상을 제정하여 운영하는 사람이 되었습니다.

이것이 모두가 당신 덕입니다. 당신이 그동안 참아주고 기다려주고 져주면서 함께 살아준 결과입니다. 이제 나는 당신

작은 것, 오래된 것, 흔한 것이 모두 풀꽃이다

이 없는 나의 하루하루, 인생을 상상할 수가 없습니다. 나보다 더 나에 대해서 잘 알고 나보다 더 나를 걱정해주고 생각해주는 사람이 당신입니다.

정말로 당신과 같은 아내는 이 세상에 없다고 생각합니다. 자기 아내 자랑하는 사람은 팔불출이라고들 말하지만 정말 나는 팔불출이 되어도 좋은 사람입니다. 비록 당신은 내가 하는 문학과 시에 대해서 잘 알지 못하지만 끝까지 이해하고 참고 견디려는 사람입니다.

무엇보다도 내가 1박 2일로 문학 강연을 떠날 때면 동행해주는 당신의 배려가 더없이 고맙습니다. 일주일마다 하는 공주문화원에서의 시 창작 강의에서도 빠지지 않고 내 강의를 들어주어서 감사합니다. 그리고는 가끔 나한테 부족한 점, 잘못한 점을 지적해주는 당신이지요.

이것만 봐도 오늘날 내가 있게 된 것은 오직 당신 덕분이라는 것을 증명하고도 남는 일입니다. 정말로 당신의 존재를 빼내고 나의 인생은 이제 불가능한 인생입니다. 오로지 나의 인생은 당신에게 업힌 인생이고 당신에게 신세 지는 인생이지요. 그야말로 당신은 나의 보호자이며 후견인이며 동행인이고 마지막 보루와 같은 사람입니다.

이런 아내를 어디 가서 찾을 수 있겠어요. 당신은 나에게 행운의 사람입니다. 하지만 이러한 행운이 당신에게는 악운이라는 것이 참으로 미안스럽고 송구한 일이지요. 나이 들어가면서 점점 당신에게 의존도가 높아갑니다. 이제는 한 순간도 당신이 없는 나의 삶을 생각할 수가 없어요. 집 안에서 글을 쓰다가도 가끔은 당신을 찾곤 하지요.

여보, 지금 어디 있어요? 그러면 당신은 나 여기 있어요, 그렇게 말하면서 집 안 어디에선가 대답을 해주지요. 그러면 나는 다시 마음을 가라앉히고 글을 계속 쓰지요. 참 이런 어린아이 같은 마음이 걱정입니다. 당신에게 가는 의존도가 점점 높아진다는 것이 문제입니다.

그래요. 나의 소망은 이러한 삶이 조금 더 오래 지속되기를 바라는 것뿐이에요. 우리에게 지금 필요한 것은 돈도 아니고 집도 아니고 옷도 아니고 맛있는 음식도 아니고 다만 날마다 날마다 이어지는 평안이고 무사안일이에요. 이 무사안일이 우리의 행복이고 삶의 목표이자 보람입니다.

여보. 앞으로도 오래 그 자리에 그대로 있어주세요. 나도

가능한 대로 이 자리에 이대로 있으려고 노력할 것입니다. 그동안 고마웠습니다, 미안했습니다. 앞으로도 나는 오래 고맙고 미안할 것입니다. 아침마다 일어나 당신에게 드리는 인사. 여보, 잘 잤어요? 그 인사가 내일도 또 내일도 이어지기를 소망합니다.

3부

행복,
마음이 시켜서 만들어내는
무지개와 같은 것

나는 과연 안녕한가

아이들에게 물어도 잘 안다. 세상에서 가장 귀한 존재가 누구인가? 어머니가 나에게 귀중한 분이고, 친구들이나 가족이 아무리 좋아도 그것은 나하고 관계가 있어서 그런 것이다. 나에게 필요한 사람들이기 때문에 그런 것이다. 그러하다. 세상에서 가장 소중한 존재, 귀한 존재는 바로 나다. 누가 뭐래도 그렇다. 그것은 어른들의 경우도 마찬가지다.

나 한 사람 없어지면 이 세상 전체가 사라지게 된다. 없는 것이나 마찬가지다. 우주 전체가 무의미한 것이 되고 만다. 어디까지나 내가 있고 나서 세상이고 우주다. 그처럼 나의 존재는 소중한 것이고 유일한 것이고 절실한 것이다.

하지만 사람들은 짐짓 이 나 자신에 대해서 잘 알려고 하지 않는 것 같다. 무턱대고 자기에 대해서는 자신이 잘 안다고 치부하고 넘어가는 것이다. 그러기에 나에 대해서 잘해주려고 하지 않는 경향이 있다. 아예 무관심한 것이다. 오늘날 사람들이 힘들다, 어렵다, 지쳤다, 하는 것도 나에 대해서 소홀히 하고 제대로 대접을 해주지 않은 탓이다.

가능하다면 기회를 있는 대로 자주 자기 자신을 객관화해서 바라볼 일이다. 들여다볼 일이다. 나의 상태는 지금 어떠한가? 내 안에 있는 나는 과연 안녕한가? 만약에 그렇지 못하다면 생각을 바꾸고 대응 방식을 새롭게 해야 한다.

내가 힘들고 지쳤다면 쉬도록 해야 할 것이다. 걸음이 빠르다면 천천히 가도록 속도 조절을 해야 할 것이다. 무턱대고 몰아칠 일이 아니다. 가끔은 위로도 해주고 칭찬도 해주고 휴가도 주어야 한다. 나아가 상도 주어야 하겠지.

잘 살고 있는 마흔 즈음의 자신에 대해서 만족하고, 나의 모든 것을 있는 그대로 받아들이고 인정해주고 용기를 줄 필요가 있다. 그러할 때 내가 조금씩 좋아지고 밝아질 것이다. 오늘날 우리들 대부분의 불행은 상대적 비교에서 오는 경우가 많다. 내 삶의 기준이 나에게 있지 않고 타인에게 있는 것이다.

젊은이들이 자칫 갖기 쉬운 열패감은 실로 심각한 것이다. 열등감에다가 패배감까지를 플러스한 것이 열패감이다. 늘 나는 패자라는 생각, 앞으로도 그럴 것이라는 생각은 얼마나 인생을 초장부터 힘들게 만드는 것인가!

나를 좀 더 들여다보자. 나를 좀 더 이해하도록 하자. 그래서 나와 함께 가는 또 하나의 나의 길을 만들자. 나는 오늘 과연 안녕한가? 가끔은 나에게 인사를 하고 안부를 묻기도 할 일이다.

행복이란

우리의 삶을 다시 한번 들여다본다. 젊은 세대는 젊은 세대대로 중년이나 노년은 또 그들대로 힘에 겹다. 중고등학생들도 자기들 삶이 어렵다고 말하고 심지어 초등학교 어린이들조차 고달프다고 하소연을 한다.

왜 그런가? 사회가 복잡해지고 저마다 할 일이 너무나 많은 탓이고 상호간 기대수준이 다락같이 높은 까닭이다. 이유는 뻔하다. 삶의 여건이 허락되지 않아서 그런 것이다. 나라의 땅은 좁고 자원은 부족한데 인구는 촘촘하기 때문이다. 그리고 인생관과 가치관의 일원화도 큰 문제다.

무엇보다도 이것을 좀 줄여야 한다. 모두가 한 줄로 서서 한 방향만 보면서 가는 사회. 그것이 오늘날 우리들 삶의 실상이다. 그러니 과도 경쟁이 나오는 것이고 상대비교가 강한 것이고 더불어 불행감이 늘어나는 것이다.

오래전 내가 교직에 있던 시절, 아이들을 가르칠 때는 '나처럼 해봐라, 이렇게'라고 말하며 가르쳤다. 일원화이고 한 줄로 세우기다. 그러나 지금은 많이 달라졌다. 지금은 '너처럼 해봐라, 그렇게' 하고 가르쳐야 한다고 본다.

내 생각에는 그렇다. 삶에는 적어도 세 가지가 있다. 첫째는 부유한 삶. 무엇보다도 물질로 넉넉한 삶이다. 이것은 누구나 원하는 삶이다. 심지어 '돈과 물질이 없으면 세상만사 되는 일이 없다'는 말까지 나도는 세상이니 물질의 힘이야말로 대단한 것이겠다.

둘째는 아름다운 삶이다. 아름다움은 지극히 주관적인 가치이고 상대적인 것이다. 유행을 따르는 경향이 강하고 모델의 영향이 크다. 어쩌면 항구적으로 믿을 구석이 부족한 것이기도 하다. 그러나 아름다움에 대한 매력을 떨칠 수 없는 것이 우리들 인간이다.

세 번째는 행복한 삶이다. 행복이야말로 인간이면 누구나 바라고 꿈꾸는 바요, 저마다 추구하는 최상의 가치가 아니겠는가. 그런데 행복이란 것이 늘 손에 잡히지 않는 파랑새라는 것이 문제다. 어떻게 하면 그 파랑새를 잡을 수 있을까? 행복이야말로 지극히 주관적인 것이다. 외형적이기보다는 내면적인 것이고 보다 많이 감정이 지배한 영역이다.

남들이 어떻게 보고 어떻게 생각하든지 내가 행복하다고 느끼고 인정하면 행복한 것이다. 물질적인 풍요나 외형적인 아름다움과는 절대적인 상관관계가 없다는 것이다. 여기서 행복지수란 것이 나온다. 경제적으로 빈한한 나라 사람이라도 마음으로 행복하면 행복하다는 것이다.

우리가 꿈꾸고 소망하는 행복한 삶은 결코 남의 것이 아니다. 나 자신 안에 이미 내재해 있는 것이고 이미 준비된 일이고 뻔하고 뻔한 일들이다. 다만 우리가 그것을 발견하지 못해서 그렇다. 이제 우리가 할 일은 그 행복을 찾아내고 그것을 밖으로 표현하고 좋은 쪽으로 기르고 성장시키는 일이다.

빅토르 위고는 이렇게 말하기도 했다. "인생에서 최고의 행복은 우리가 사랑받고 있는 사람이라는 것을 확인하는 일이다."

이미 행복한 사람

이쯤에서 우리는 한 번쯤 정직하고 심각하게 생각해볼 필요가 있다. 자신을 향해 질문을 던져볼 일이다. 나는 정말로 불행한 사람인가? 나는 정말로 못사는 사람인가? 텔레비전 속 사람들과 비교할 일이 아니다. 뜬소문으로 기준 삼을 일도 아니다. 지난날 나의 삶과 비교하고 나의 기억과 비교해야 할 일이다.

모두들 행복의 조건을 외형적인 것, 물질적 환경만으로 따져서 그런 건 아닐까? 지나치게 남들과 비교해서 그런 것은 아닐까? 행복은 좋은 집이나 좋은 옷, 좋은 음식, 값비싼 자동차가 결정해주는 게 아니란 것을 우리는 이미 알고 있다. 다만 그것들은 행복의 기본조건일 뿐이고 필요조건일 따름이다.

앞서 말했듯 문제는 마음의 상태다. 마음이 고달프고 불행하다고 생각되면 고달파지는 것이고 불행해지는 것이다. 행복 이야말로 마음이 시켜서 만들어내는 무지개와 같은 그 무엇. 철저히 심정이 다스리는 나라의 일들이다. 어쩌면 허상인지도 모를 일이다.

여기 커다란 저택이 있고 그 집에 아름다운 정원이 꾸며져 있고 꽃들이 많이 피어 있다고 하자. 아무리 그렇다 해도 그 집에 사는 사람이 그것들을 보아주지 않고 사랑해주지 않는다면 그것들은 아무 소용이 없는 것이 된다. 부질없이 피었다 지는 꽃들일 뿐이다.

이미 나에게 행복의 조건들이 갖추어져 있지만 내가 그것을 행복으로 받아들이지 않고 인정해주지 않으면 그 모든 조건들은 무용지물이 되고 마는 것이다. 행복은 소유개념이 아니고 철저히 사용개념이다. 그런데 지금 우리는 지나치게 물질적인 소유에만 한눈이 팔린 사람들이 아닐까.

이제 한 번쯤 턱, 내려놓을 때다. 자기의 문제를 내려놓고 바라보아주자. 적어도 지금 취업 전선에 뛰어들어야 하는 사람이 아니라면 자신의 인생을 턱 내려놓고 그 자리에 털썩 주저앉아 볼 일이다. 그러면서 자신의 주변을 살피고 자신의 마음을 들여다보고 자신한테 새롭게 질문을 해보아야 한다. 나는 정말로 불행한 사람인가? 불행하다면 무엇이 불행한 것인가? 이것이야말로 지금 우리에게 가장 필요한 일이고 중요한 과제다. 급선무다.

달라이 라마의 충고

2017년 6월의 일이다. 8년 동안 머문 문화원장에서 내려오면서 허전한 마음을 달래기 위해 러시아 여행을 계획했다. 오랫동안 꿈꾸어오던 러시아 여행이었다. 무엇보다도 푸시킨과 톨스토이의 자취를 보고 싶었다.

상트페테르부르크를 먼저 보고 모스크바를 나중에 보았다. 러시아는 멀리서만 상상하던 그런 나라가 아니었다. 오래된 문명의 자취가 그대로 남아 있는 나라였다. 땅덩어리는 넓고 사람들은 느긋했으며 자연은 건강했다. 무엇보다도 크고 넓은 하늘에 빠르게 흐르는 검은 구름과 흰 구름이 부러웠다. 문인들의 자료나 자취들도 잘 보전되고 관리되고 있어 많이 부러운 마음이었다.

아, 그리고 백야를 보았다. 공항에 도착한 시간이 밤 11시

행복, 마음이 시켜서 만들어내는 무지개와 같은 것

경이었는데 그때까지 서쪽 하늘에 검붉은 노을이 그대로 남아 있었던 것이다. 그 얼마나 오랜만에 만났던 붉은 노을인가. 어쨌든 노을 또한 건강하고 씩씩해서 좋았다.

일정을 마치고 귀로에 올라 비행기를 타면서 비행기 문 앞에 비치한 한국의 일간지 몇 가지를 집어 들었다. 공연스레 한국의 일들이 궁금했던 것이다. 그동안 한국의 소식에 배고팠고 또 한글로 된 인쇄물이 그리웠던 모양이다.

비행기 좌석에 앉자마자 신문을 펼쳤다. 대뜸 보이는 기사가 달라이 라마의 책에 대한 기사였다. 한국인들을 위해 달라이 라마가 들려주는 잠언들을 모아서 낸 책이라고 했다. 달라이 라마는 티베트 정부 수반이면서 정신적 지주인 분. 책을 소개하는 신문에 그분이 한국인들을 위해서 특별히 들려준 말씀이 실려 있었다. '한국은 경제, 문화, 과학이 발전한 나라입니다. 자기를 되돌아볼 수 없을 만큼 격변하는 나라여서 한국인들은 무상(無常)과 고(苦)를 생각할 틈이 조금도 없는 것 같습니다. 그러한 생활은 윤택할지 모르나 마음은 불행합니다.'

이 말을 좀 더 간결하게 내 어법대로 줄여서 정리해본다면 이렇다.

'한국인 부유한 것 맞습니다. 그러나 행복하지는 않은 것 같습니다.'

참으로 뼈아픈 지적이다. 이러한 충고와 진단 앞에 우리는 도대체 어떻게 대처하고 어떤 해결 방법을 찾아야 할까?

턱없이 많은 우리의 욕심이 문제가 아닐까. 때로는 무슨 일이든지 빠르게 빠르게만 해나가려는 태도가 문제가 아닐까. 달라이 라마는 오래전, 그의 저서에서 이런 말을 하기도 했다. "탐욕의 반대는 무욕이 아니라 내게 잠시 머물렀던 것들에 대한 만족입니다."

그러하다. 만족하는 마음이 방책이고 길이다. 만족하면 고요한 마음이 생기고 불만이 사라진다. 만족하는 마음은 행복으로 가는 지름길이고 또 한 계단씩 올라가는 디딤돌이다.

자전거

나의 탈것은 오직 자전거뿐이다. 이것도 2007년 교직에서 정년퇴임을 하면서부터다. 그 이전에는 정말로 나의 탈것은 대중교통 수단뿐이었다. 스스로 생각해보아도 그것은 신기한 일이다. 다들 자가용 승용차를 굴리는 쪽으로 진화해가는데 내가 무슨 대단한 고집쟁이라고 그러고 살았을까.

가끔은 왜 승용차를 타고 다니지 않느냐는 질문을 받는다. 대답이 궁한 나는 젊어서는 돈이 없어서 자가용을 탈 수 없었고, 나이 들어서는 운전 능력이 없어서 그럴 수 없노라 둘러댄다. 하지만 이것은 핑계다. 정답은 내가 싫어서 그런 것이다.

이렇게 내가 자가용을 갖지 않고도 살 수 있었던 것은 아내 되는 사람의 승인 내지는 묵인이 있어야만 했다. 그 사람이 끝끝내 불평하고 이게 뭐하는 거냐고 따지고 들었다면 나 또한 자가용을 갖지 않은 사람으로는 남지 못했을 것이다. 생각해보면 이 또한 감사한 노릇이다.

자전거를 타면 여러 가지 장점이 있다. 가까운 거리를 빠르게 갈 수 있고 또 길을 가면서 이것저것 볼 수도 있고 들을 수도 있어서 좋다. 아침에 일어나 자전거에 올라서 제민천 길을 따라 시내 쪽으로 내려가는 길은 얼마나 싱그럽고 좋은지 모른다.

개울을 따라 물소리를 들으며 가는 길은 적당히 기울기가 있어서 가볍고도 신나는 길이다. 바람이 귓가를 스쳐가면서 가볍게 속삭여준다. '좋아요. 좋아요. 오늘도 우리가 살아서 참 좋아요.' 그래서 나는 참 좋은 사람이 된다. 길가에 어제 보지 못한 꽃들이 피어 있음을 보는 것도 하나의 기쁨이다.

시내 쪽 일을 살피고 자전거를 몰아 풀꽃문학관으로 간다. 문학관으로 가는 길은 조금은 가파른 길. 힘이 부치면 잠시 내려서 자전거를 끌고 가고 완만한 경사에서는 또 자전거를 타고 간다. 드디어 나의 자전거는 나를 데리고 문학관 오름길을 지나 문학관 정문에 도달한다. 휴우. 나는 자전거를 멈추고 스탠드를 세운다. 그렇게 문학관에서 하루의 일과가 시작된다. 이제는 자전거와 문학관과 나는 나누어놓고 싶어도 그럴 수 없는 사이가 되었다. 하나의 문화적 심벌이 되고 만 셈이다.

삼베옷

여름이 되기만 하면 즐겨 입는 옷이 있다. 삼베옷이다. 고향이 서천이라서 어려서는 모시옷을 입었다. 서천이 모시옷의 고장이고 또 어른들이 마련해주신 옷이다. 노타이 형식으로 된 상의다. 양복바지 위에 그 옷을 입으면 무덥고 힘든 날도 그렇게 상쾌할 수 없이 좋았던 기억이다.

지금도 모시옷이 여러 벌 있기는 하지만 평상복으로 주로 입는 옷은 삼베옷이다. 삼베는 모시와 힘께 식물성 섬유로 지은 옷이다. 그러나 모시에 비하면 발이 굵고 거친 것이 특징이다. 그래서 예전엔 가난한 사람들이 주로 입었던 옷감으로 통했고 집안에 사람이 죽어 초상이 들면 상주가 입는 옷이 삼베옷이고 죽은 이의 시신을 싸서 땅에 묻는 옷이 또 삼베옷이다.

행복, 마음이 시켜서 만들어내는 무지개와 같은 것

내가 이 옷을 입기 시작한 것은 그렇게 오래전의 일이 아니다. 죽을병에 걸려 병원에서 앓다가 겨우 퇴원하고 교직 정년퇴임을 한 뒤, 집에서만 지낼 때의 일이다. 하는 일도 많지 않아 청양의 누이동생네 집을 찾는 날이 자주였다.

그런데 누이의 남편, 매제 되는 사람이 색다른 옷을 입고 있었다. 색깔이 누렇고 발이 굵어 얼금얼금한 천으로 지은 삼베옷이었다. 어쩌면 부러운 눈으로 매제의 옷을 바라보고 있었을 것이다. 곁에서 여자의 직감으로 이것을 눈치 챈 아내가 말했다.

"아가씨, 고모부 입으신 저런 삼베옷 어떻게 하면 입을 수 있어요?"

"아, 이거요? 우리 집에 있는 삼베를 가져다가 동네 양복점에서 지은 거예요."

"오빠도 한 벌 입히고 싶어요."

"그래요? 그러면 당장 옷을 지으러 가지요. 우리가 단골로 다니는 양복점이 있어요."

그렇게 해서 입게 된 삼베옷이다. 옷을 지어 공주 우리 집으로 가지고 온 날 누이가 말했다.

"오빠, 죽어서 입지 말고 살아서 입어요."

그것은 내가 몇 해 전 죽을병에 걸려 정말로 삼베옷을 입고 땅속에 묻힐 뻔했던 일을 염두에 두고 하는 말이었다.

그래, 죽어서 입을 삼베옷 살아서 실컷 입어보자. 그렇게 해서 입기 시작했다. 삼베옷을 입고 여름 모자를 쓰고 자전거에 올라 제민천을 따라 시내로 나가거나 문학관으로 갈 때는 그렇게 기분이 좋고 시원할 수가 없다.

제민천 길은 금강 쪽으로 경사진 길. 자전거 페달을 밟지 않아도 자전거가 가볍게 굴러간다. 그러노라면 바람이 달려와 삼베옷으로 스며들고 여름 모자를 스쳐간다. 삼베의 굵은 올과 올 사이사이로 빠져나가는 바람이다. 세상의 모든 바람이 내게로만 오는 것 같다. 이때가 바로 내가 가장 행복한 때다.

'여름아, 오너라. 올해도 삼베옷을 입어보자. 앞으로 몇 번의 여름이나 이 옷을 입어볼지 모르지만 한 번이라도 더 입어보자.' 이것이 올해도 내가 여름을 기다리는 이유고 더운 여름을 덥지 않게 사는 방법이다.

행복, 마음이 시켜서 만들어내는 무지개와 같은 것

행복도 학습이다

나는 그동안 '행복'이란 제목으로 여러 편의 시를 썼다. 그 가운데 한 편을 적어보면 이러하다.

저녁때

돌아갈 집이 있다는 것

힘들 때

마음속으로 생각할 사람이 있다는 것

외로울 때

혼자서 부를 노래 있다는 것.

— 나태주, 「행복」

나라고 해서 처음부터 이런 것을 알았던 사람은 아니다. 나이 들어서 삶이 영 안 풀리고 고달프다고 여겨질 때 아내랑 함께 마을길을 산책하던 날이 많았다. 한 시간이나 두 시간 산책을 하다 보면 몸이 지치고 쉬고 싶어진다. 그만 집으로 돌아가고 싶은 생각이 든다.

'여보, 이만 우리 집으로 돌아갑시다.' 그때 발길을 돌리며 생각해본다. 아, 이런 때 우리의 집이 없었다면 어찌했을까. 갑자기 우리 집이 고마워지고 그리워진다. 결코 좋은 집이 아니다. 지은 지 이미 30년도 넘는 시골 도시 구석에 있는 낡은 아파트다.

정말 이런 때는 아파트의 가격이나 크기가 문제가 아니다. 다만 그 아파트가 내 것이냐 아니냐만 중요하고 내가 돌아가 쉬고 싶은 공간이냐 아니냐만이 중요하다. 집에 가면 무엇이 있는가? 낡은 옷과 낡은 신발이 있을 뿐이고 내가 쓰던 낡은 물건들이 있을 뿐이다.

아, 그렇구나. 낡은 것들만이 오직 나의 것이구나. 좋은 것들, 새것들은 모두 가게나 백화점에 있는 것들이구나. 여기에서 하나의 자성의 시간이 온다. 작지만 고마운 깨달음이요,

행복, 마음이 시켜서 만들어내는 무지개와 같은 것

개안, 마음의 눈 뜸이다. 이즈음에서 생성된 것이 위의 시다.

어떠신가. 당신은 이미 이 세 가지를 모두 가지고 있는 사람이 아닌가? '저녁때'가 언제인가? 하루 중 취약한 시간이다. 지치고 힘들어 쉬고 싶고 돌아가고 싶고 위로받고 싶은 시간이다. 누구에게나 그런 저녁때는 있게 마련이다. 그런 때 '돌아갈 집이 있다는 것'은 진정 눈물겹도록 고마운 일이다.

그 이하의 문장도 마찬가지다. '힘들 때'는 좀 더 긴 시간을 두고 볼 때이다. 그때에 '마음속으로 생각할 사람이 있다는 것'이야말로 천군만마를 얻은 듯한 용기요, 감사. 어떠신가. 그 사람이 가족이 아닐까. 나를 낳아주시고 길러주신 어머니를 생각한다면 참 좋을 것이다.

'외로울 때'도 그렇다. 누구나 외로울 때가 있다. 그때에 내가 좋아하는 일, 내가 잘하는 일을 하게 된다면 그것 또한 행복의 한 항목이 되어줄 것이다. 여기서 '노래'는 다만 노래만이 아니라 모든 문화적인 요인을 가리킨다고 보아야 한다.

그렇다면, 그것이 진정 그렇다면 우리는 이미 행복한 사람들이다. 자기가 불행하다고 생각하니까 불행해지는 것이다. 에리히 프롬 같은 사람은 '사랑도 학습'이라고 말하면서 사랑을 공부하라고 가르치고 있다. 그렇다면 행복도 학습이다. 우리는 기꺼이 행복을 연습하고 스스로 준비할 일이다.

우리는 지금 충분히 잘사는 사람들이다. 잘산다는 것을 모르니까 못사는 사람들이 되는 것이다. 우리는 충분히 오늘 행복한 사람들이다. 행복하다는 것을 모르니까 행복하지 않은 사람들이 되는 것이다. 나는 불행하다, 계속해서 억지를 부릴 까닭이 없다.

행복의 항목들

　그러면 나는 무엇이 행복한 사람일까? 우선 나는 날마다 살아 있는 사람인 것이 행복하다. 나에게 할 일이 있어서 행복하다. 날마다 아침이면 찾아갈 곳이 있고 저녁이면 집으로 돌아올 수 있어서 행복하다. 누군가를 만나서 이야기하고 할 일이 있어서 또한 행복하다.

　그 외에 행복의 요건들을 찾아보면 또 얼마든지 있다. 길을 가다가 마음에 드는 풀꽃을 만나거나 풍경을 보았을 때 가방에서 연필과 종이를 꺼내어 그림 그리기. 서가를 뒤져 오래전에 읽었던 책들을 다시 꺼내어 읽기. 하늘의 흰 구름을 바라보며 좋아하는 사람 생각하기. 여름날 챙이 넓은 모자를 쓰고 삼베옷 차림으로 자전거를 타고 제민천을 따라 공주 시내로 나가기.

그뿐인가. 하루의 일과를 잘 마치고 피곤한 몸으로 다시 자전거를 타고 금학동 집으로 돌아오는 길, 제민천 개울물 웅덩이에 물고기들이 모여서 파닥거리며 배때기 뒤집는 것을 보았을 때. 아, 저 물고기들도 하루의 목숨을 잘 산 것이 기뻐서 저러는구나, 깨닫는 순간이다.

　나의 행복한 시간은 이 정도에서 그치지 않는다. 저녁에 잠을 자기 전 30분이나 한 시간 정도 침대에 누워서 읽다 만 책을 계속해서 읽는 시간. 오늘 하루 이렇게 잘 살고 죽습니다, 내일 아침 잊지 말고 깨워주십시오, 하나님께 기도를 챙기는 시간. 그것이 여름밤이라면 열린 창으로 밤하늘을 바라보며 잠이 들 때 더욱 좋을 것이다. 어쩌면 어려서 읽은 동화 《알프스의 소녀》의 주인공 하이디가 된 기분이 들 것이다.

　그렇다면 당신의 행복은 무엇인가? 당신이 두 어린아이를 키우는 엄마라면 밤에 아기들 씻겨 잠을 재우고 나서 갖는 그 짬짬이 쉴 시간이 행복이 아닐까. 요즘 젊은 엄마들은 그 시간을 '육아퇴근'이라고 부른다고 그러는데 이것은 좀 마음이 짠한 이야기다. 아니면 집안일을 마치고 잠시 창가에 앉아서 차 한잔을 마시는 여유의 시간이 또 행복이 아닐까.

아마도 행복에 대한 항목은 사람마다 다르고 무한대로 많아질 것이다. 학생들에게 물었다. 틈틈이 쪽잠을 자는 것, 관심 있는 것 사진 찍기, 더운 날 에어컨 앞에 서 있기, 운동을 하고 나서 땀 흘리는 것, 모든 생각 버리고 그냥 누워 있기, 유튜브 보기 등 아주 다양했다.

그런가 하면 젊은 청년은 갓 지은 밥 냄새를 맡을 때, 조용한 장소에서 책 읽기, 열어놓은 창문으로 살랑살랑 불어오는 바람을 느낄 때 등을 말했고, 젊은 여성은 친구들이랑 만나 맥주 한잔 마시기, 수다 떨기, 손톱에 색칠하기 등을 꼽았다. 우리 집사람의 행복은 베란다에 다육식물 기르기라고 한다. 당신의 행복은 과연 무엇인가?

행복에 이르는 길

물론 사람은 때로 자기가 불행한 사람이라고 생각할 수가 있다. 다른 사람은 일도 술술 풀리고 가정도 평온하고 즐겁게만 사는데 자기는 그렇지 못하다고 자탄할 때가 있다. 그런 때는 부디 잊지 말고 다음의 일들을 생각해보길 바란다.

첫째, 나의 일을 남의 일과 비교하며 살지 않는가? 삶의 기준이 나에게 있지 않고 타인에게 있지 않는가? 그렇다. 남하고만 비교하다 보면 나의 것들은 모두가 초라하고 졸렬하기만 할 것이다.

둘째, 지나치게 속도를 내고 있지 않는가? 속도를 낸다는 것, 그것은 좋은 일이다. 속도는 효율이고 상쾌함이고 성취다. 그러나 지나친 속도는 우리를 어지럽게 한다. 자신을 잃어버리게 만든다.

행복, 마음이 시켜서 만들어내는 무지개와 같은 것

글쎄 우리나라가 몇 년 연속 인터넷 빠르기로 세계 1위라 한다. 자랑스러운 일이지만 한편 자랑스럽기만 한 일이 아니다. 우리는 지금 너무 나대고 있고 서두르고 있고 조바심하며 사는 것이다.

나의 일을 한사코 남하고만 비교하려 들지 말자. 우리의 속도를 적당히 조절하면서 자기를 찾도록 하자. 인생은 '보다 높게 보다 빠르게'를 외치는 올림픽 경기가 아니란 것을 알아야 한다. 오히려 인생은 일인 경기다. 지치면 쉬고 힘들면 좀 천천히 갈 일이다. 혹시 우리는 지금 자기가 왜 뛰어야 하는지도 모르면서 뛰어가는 동화 속 동물들은 아닐까.

옛날, 동물나라의 이야기다. 어느 날 평화롭기만 하던 동물나라 동산의 동물들이 한 방향으로 뛰고 있었다. 왜 뛰는지도 모르고 뛰고 있었다. 이때 잠자고 있던 사자가 잠에서 깨어나 동물 한 마리를 붙잡고 물었다고 한다. 왜 뛰는가? 모릅니다. 이유는 모르지만 사자님도 뛰어야 합니다. 지금 동물나라에 큰일이 일어났기 때문입니다. 그래? 그 말을 누구한테 들었느냐? 사자는 뛰어가는 동물들을 모두 정지시켜 놓고 차례대로 물었다 한다. 그랬더니 맨 나중에 토끼가 남았다고 한

다. 토끼야, 너는 왜 뛰기 시작했느냐? 예, 큰일 났어요. 이제
지구가 깨질 거예요. 왜 그런 건데? 제가 망고나무 밑에서 낮
잠을 자고 있는데 갑자기 벼락이 치면서 땅이 꺼지는 소리를
들었거든요. 그래? 그렇다면 네가 자고 있던 그곳으로 한번
가보자. 사자가 동물들을 이끌고 가본 망고나무 아래, 토끼가
낮잠을 자고 있던 그곳에는 망고 열매 하나가 떨어져 있었다.
결국 토끼는 낮잠을 자다가 망고 열매 하나가 떨어지는 소리
를 듣고 지구가 무너지는 것이라 생각하고 뛰기 시작했고 다
른 동물들은 토끼의 말만 듣고 뛰기 시작한 것이다.

소확행, 그리고 청복

한창 사람들 입에 오르내렸던 용어 가운데 '소확행'이란 말이 있다. 일본의 소설가 무라카미 하루키가 지은 수필집 《랑겔한스섬의 오후》에 처음 등장하는 용어로 '소소하지만 확실한 행복'이란 뜻이다. 강연장에 나가서 들어보면 많은 사람들이 알고 있으며 심지어 초등학교 학생들까지도 알고 있는 용어다. 역시 유행이란 것의 위력을 실감하는 경우다.

일본에 대한 우리의 감정은 이중적인 것 같다. 하나의 애증 현상이다. 어떤 경우는 지나칠 정도로 싫어하고 어떤 경우는 지나치게 좋아한다. 축구 경기를 했다고 하면 어떻게 하든지 이겨야 하는 상대를 넘어서 '꺾어야 하는' 상대가 일본이다.

그런데 소확행에 대해서는 지나치게 좋아하는 경우에 해당한다. 하여튼 좋다.

소확행. 소소하지만 확실한 행복.

우리에게 오늘날 필요한 행복이다. 한동안 우리는 거대하면서 불확실한 행복을 찾으러 다니면서 지치고 힘들게 살았다. 아마도 그것은 앞으로도 오랜 세대들이 그러할 것이지만 행복이란 것이 뜬구름 같은 것이고 천차만별이라 그런 게 아닌가 싶다.

되풀이하는 말이지만 나는 '가난한 마음'을 되찾자는 말을 하고 싶다. 가난한 마음이란 궁핍한 마음이나 빈한한 마음이 아니다. 작은 것, 오래된 것, 값비싸지 않은 것, 하찮은 것, 주변에 있는 것들을 소중히 여기고 사랑하는 마음이다. 말하자면 일상의 소중성을 깨닫자는 것인데 이것이 바로 일상의 발견이요, 생활의 지혜인 것이다.

우리의 조상들에게도 소확행과 비슷한 삶의 태도가 없었던 것은 아니다. 옛날 어른들은 행복이란 말 대신에 그냥 복이란 말을 썼다. 오복이라고 하면 수(오래 사는 목숨)·복(재산과 명예)·강녕(건강과 마음의 평안)·유호덕(훌륭한 덕을 닦는 것)·고종명(나쁜 질병이나 사고로 죽지 아니하고 늙어서 자연스럽게 죽는 것)을 쳤다.

하지만 다산 정약용 선생 같은 분은 인간의 복을 두 가지로 나누어 열복과 청복으로 보았다. 인간의 복에는 뜨겁고 분명한 현실적인 복이 있는가 하면 조용하지만 맑고 그윽한 일상적인 복이 있다는 것이다. 그 시절이나 지금이나 사람들이 추구하는 복은 한결같이 열복이다. 한마디로 말해서 인생의 성공과 출세가 여기에 해당할 것이다.

좋다. 이러한 복도 복인 것은 분명하고 일생을 살면서 물리치기 어려운 인간의 소망이다. 하지만 우리는 일상의 행복을 보다 많이 챙기면서 살아야 한다고 생각한다. 그러할 때 그것이 소확행이든 청복이든 다 좋겠다. 그 길만이 우리가 덜 불행하게 인생의 강물을 건너는 길이겠다. 문제는 그 실질에 있고 우리들이 마음속으로 느끼는 행복에 있기 때문이다.

"어리석은 자는 멀리서 행복을 찾고 현명한 사람은 자신의 발밑에서 행복을 키워간다." 제임스 오펜하임이 한 말이다. 이제부터라도 주변의 일이며 사물들을 조심스럽게 상세히 살피면서 무엇이 나에게 소중한 것이고 무엇을 더 가꾸며 살아야 할 것인가를 생각하면서 살아야 한다고 본다.

은행 알 몇 개

요즘 또다시 은행나무 철이다. 풀꽃문학관에도 앞뒤로 은행나무가 몇 그루 있어 노랗게 물든 은행잎을 볼 수 있다. 지난여름 지독히도 가물었는데 그 모진 가뭄을 이겨내고 어쩌면 저렇게 은행잎이 노랗고 예쁠까. 다른 어떤 해의 은행잎보다도 깨끗하고 노래서 가슴이 다 밝아지고 시원해지는 느낌이다. 마치 우리 집사람이 새댁 시절 노랑 저고리를 입고 다시금 내 앞에 서 있는 것 같다.

한때는 은행나무가 매우 귀한 나무였다. 시골 동네에도 별로 많지 않아서 '은행나무 안집'이라는 이름이 따로 있을 정도였다. 그러니 은행 알은 더욱 귀한 과일이었다. 내가 어려서 외갓집 마을에도 은행나무가 있었다. 그러나 그 은행나무는 고목나무였다. 외갓집 언덕배기에 뻘쭘하니 서 있는 시커먼 나

행복, 마음이 시켜서 만들어내는 무지개와 같은 것

무가 바로 그 은행나무였다.

동네 사람들이 가까이 가지 않았다. 어쩌면 무서워하기도 했고 신성시하기도 했는지 모른다. 어른들 말로는 동학난리를 함께 겪은 나무인데 어느 해 벼락을 몇 차례 맞아서 그렇게 죽은 나무가 되었다는 것이었다. 그런데 그 은행나무 고목 옆에 또 하나 은행나무가 바짝 붙어서 자라고 있었다. 바로 고목나무가 된 은행나무의 자식이 되는 은행나무다.

가을이면 그 은행나무에서 은행 알이 떨어졌다. 그걸 외할머니는 정성스레 주워서 다듬고 손질한 다음, 솥에다 쪄서 나에게 주시곤 했다. 당신은 드시지도 않고 나에게만 주셨다. 익은 은행의 하얀 껍질을 벗기면 그 안에서 초록빛 은행 알이 나온다. 그것은 마치 비취, 보석빛깔이다. 입에 넣고 씹으면 어떤가. 쫄깃쫄깃한 맛이 여간 좋은 것이 아니다.

그야말로 가을의 진미이고 가을이 주는 일급의 선물이다. 그런데 그 뒤로 그토록 귀한 은행나무가 푸대접을 받는 나무가 되었다. 은행나무가 귀한 나무라는 것을 알게 된 사람들이 여기저기에 은행나무를 심었다. 심지어는 가로수로도 심었다. 당연히 가을이면 노란 이파리를 자랑하는 어여쁜 나무가 되었을 것이다.

　그런데 은행 알이 문제였다. 처음에는 주변 사람들이 주워 가기도 했지만 점차 주워가는 사람들도 적어지자 은행 알들이 그냥 길바닥에 널브러진 채 버려지고 으깨진다. 말하자면 쓰레기가 되는 것이다. 더구나 은행 열매에서는 고약한 냄새까지 난다. 그러니 청소하는 분들도 은행 알을 싫어하게 된다. 은행나무와 은행 알이 천대받게 된 것이다.

　올해도 길을 가면서 길바닥에 으깨진 채 버려진 은행 알을 본다. 마음 아픈 일이다. 예전엔 귀한 대접을 받던 저것들이 길바닥에 그냥 떨어진 채 푸대접을 받다니! 우리가 공주로 이사를 온 뒤에도 외할머니는 몇 차례 외갓집 마을 언덕 위에 있는 은행나무에서 떨어진 은행 알 몇 개씩을 발라가지고 오신 일이 있다.

　나에게 은행 알은 외할머니의 추억이고 외할머니의 사랑이 스며든 과일이다. 지금은 아내가 저녁마다 은행 알 몇 알을 구워서 나에게 준다. 여전히 구운 은행 알은 쫄깃쫄깃하고 맛이 있다. 아내의 손길에서 외할머니의 사랑을 다시금 느끼고 그 따스함과 고마움을 깨닫는다.

행복, 마음이 시켜서 만들어내는 무지개와 같은 것

보물 항아리

여기 두 사람이 있고 그들의 집에 항아리가 하나씩 있다고 하자. 한 사람은 질그릇 항아리를 가지고 있고 한 사람은 자기로 만들어진 항아리를 가지고 있다. 물론 질그릇 항아리보다는 자기 항아리가 훨씬 보기 좋고 값이 비싸다.

그런데 말이다. 질그릇 항아리를 가진 사람은 거기에 자기가 가지고 있는 물건 가운데 가장 좋은 것들을 넣어서 보관했다. 보석반지며 금목걸이나 귀걸이 등 값있는 것들을 모두 그 항아리에 넣어두었다. 게다가 자기네 집 집문서라든가 통장까지도 넣어두었다.

그렇지만 자기 항아리를 가진 사람은 자기 항아리에 별로 가치 없는 잡동사니들만 담아두었다. 그 집에는 더 좋은 물건들이 있었겠지만 다른 곳에 잘 보관해두었을 것이다. 그렇게 오랜 세월이 지났다고 하자. 나중에 그들은 그 두 항아리를 무엇이라고 불렀을까?

한 사람은 질그릇 항아리를 보물 항아리라고 불렀을 것이고 또 한 사람은 자기 항아리를 쓰레기 항아리라고 불렀을 것이다. 바로 이 점이다. 사람도 그 마음속에 무엇을 담느냐에 따라 그 사람의 품격이 달라지고 가치가 달라진다. 외모가 헌칠하니 잘생겼는데 속이 옹졸하고 어두운 사람은 더욱 다른 사람을 슬프게 하고 실망시킨다.

자신의 외모나 처지나 환경 같은 것에 지나치게 신경 쓰지 말자. 자신의 결함에 대해서도 지나치게 많이 나무라지 말자. 그런 것들은 그런대로 놔두고 어떻게 하면 자기 마음속에 좋은 생각과 아름다운 느낌을 많이 담을 것인가 그것에 대해서 더 많이 신경 쓰고 마음의 노력을 하자.

좋은 책을 읽거나 좋은 음악을 듣고 그 느낌을 오래 간직한다든지, 여행에서의 추억을 오래 마음속에 담아두는 것도 하나의 좋은 방법일 것이다. 더구나 좋은 격언이나 잠언 같은 것들을 많이 기억하면서 마음속으로 반추해보는 것도 좋은 일일 것이다. 그러다 보면 어느새 나 자신도 그런 생각이나 삶

가까이 가는 사람이 된다고 나는 본다.

특별히 여기서 좋은 시를 많이 읽는 것은 마음을 위해 매우 좋은 방법 가운데 하나라고 생각한다. 진정 좋은 시는 독자의 마음에 위로와 축복과 안식과 기쁨을 주는 시다. 그래서 시들어가는 영혼을 살리고 끝내는 행복한 마음을 준다. 좋은 시를 많이 읽는 것도 마음속 항아리에 보물을 담는 한 방법이라고 생각해 추천하고 싶다.

나는 보물 항아리다. 그 무엇으로도 대신할 수 없는 지극히 아름답고 귀중한 존재다. 나는 지금까지도 잘 살았지만 앞으로는 더욱 잘 살 것이다. 그렇게 자신에게 말을 해주면서 하루하루 살아가자. 그러다 보면 당신의 인생은 저절로 빛나는 인생이 될 것이다.

차거지

"여보, 우리는 차거지야."

젊은 시절 아내가 나에게 들려준 말이다. 아예 나는 자동차 운전 같은 일엔 관심이 없는 사람이고 그래서 자동차 면허조차 없는 사람이다. 그러니 자동차가 있을 까닭이 없다.

그렇다. 우리의 어린 시절, 젊은 시절엔 개인이 자동차를 갖는다는 것, 자동차 운전을 한다는 것은 꿈도 꾸어보지 못한 일이다. 자동차를 탔다고 하면 다른 사람이 운선하는 자동차를 타는 것이었다.

그렇지만 사는 형편이 좋아져서 한 사람 두 사람 자동차를 사서 운전하기 시작했고 이제는 전 국민이 운전을 할 줄 아는 세상이 되었다. 그래서 '의식주'에 자동차를 뜻하는 '행'이 더 붙어서 생활의 필수요건을 '의식주행'이라고까지 말하

행복, 마음이 시켜서 만들어내는 무지개와 같은 것

는 세상이다.

하지만 나는 자동차를 가진 사람, 자동차를 운전하는 사람 쪽으로 가지 않았다. 아니 그러지 못했다. 능력이 없었던 것이다. 그래서 이제는 이렇게 말한다. 젊어서는 돈이 없어서 자동차를 갖지 못했고 나이 들어서는 운전을 못해서 자동차를 가질 수 없다고.

이런 나를 가장 너그럽게 잘 보아주고 이해해준 사람은 아내다. 아내가 만약 자동차 없이 사는 삶을 많이 불편하게 여겨 자동차 타령을 외쳤다면 나라고 해서 끝까지 자동차 없이 사는 사람 자리에 고집스럽게 남을 수는 없었을 것이다. 중간에 자동차를 샀을 것이란 이야기다.

이제는 모두 다 늦었고 틀린 일이다. 나에게 있어 자동차는 어떤 자동차든지 남의 것이고, 나는 다만 남이 운전하는 자동차를 타는 사람일 뿐이다. 지극히 구시대적 인물로 남아서 살아가는 것이다. 나는 그렇다 치지만 이런 나를 따라서 사는 아내는 참 고마운 사람이다.

문명화된 이 시대에 자동차 없이 살 수 있으려면 가족의 동의가 필요하고 주변 사람들의 각별한 보살핌이 있어야 한다. 나는 그저 스스로를 짐짝이라고 말하면서 마음 편히 살고 있으니 생각해보면 이것은 조금쯤 뻔뻔한 노릇이 아닌지 모르겠다.

이런 나를 두고 가끔 아내가 농담 삼아 하는 말이다.

"여보, 여보. 우리가 차거지라서 여러 가지 차를 타요. 큰 차도 타고 작은 차도 타고 택시도 타고 버스도 타고 가끔은 비싼 차도 타지요. 그래서 이제는 차거지가 좋아요."

정말로 좋아서 좋다고 하는 말인지 나를 위로해주기 위해서 하는 말인지는 나도 모를 일이다.

행복, 마음이 시켜서 만들어내는 무지개와 같은 것

행복의 마중물

최근 다시 사람들과 인간의 행복에 관해 이야기를 자주 나눈다. 행복이 무엇이며 또 어떻게 살아야 행복해질 것인가. 예전엔 세상살이의 방향, 그 트렌드가 성공이거나 사업이거나 주택 구입같이 좀 더 구체적이고 몸피가 큰 문제들이었지만 요즘엔 많이 가벼워져 조그만 문제, 정서적인 화제 쪽으로 공통분모가 기울었다.

대화 도중, 어떤 젊은이가 행복의 전제조건으로 마음의 여유와 만족감과 긍정적 태도가 중요한데 그 가운데서도 만족하는 마음이 가장 힘들더라고 말하는 것이었다. 참 속내 깊고 내명(內明)이 있는 사람이라는 생각이 들었다. 그렇다. 마음으로 만족하는 능력이 과연 힘든 것 맞다.

만족은 그치는 마음에서 비롯한다. 앞으로 나아가다가 적절한 시점에서 그칠 줄 아는 마음, 그게 쉬울 까닭이 없다. 괜찮아, 괜찮아, 그만하면 됐어, 자신을 어르고 다스리는 마음이 어찌 젊은 나이에 쉽기만 하겠는가.

이제껏 우리는 물질이 행복의 전부인 양 그것만 좇아 달려온 사람들이다. 열심히 돈을 버는 게 급선무였고 남보다 앞서는 일이 좋은 일이었다. 좋은 학교에 합격하여 졸업하고 취직하고 결혼하고 돈을 모아 집 한 채 사는 게 모든 이들의 꿈이었다고 말해도 과언이 아니다.

그러나 그 끝에 가서 행복을 만났는가? 아니다. 공허감과 불안이 기다리고 있었을 것이다. 이게 아닌데, 그런 느낌을 가졌을 것이다. 마음의 안정과 평화가 없었기 때문이다. 행복이 물질에서 비롯되기만 하는 것이 아니라 더 많이 마음에서 비롯된다는 걸 잠시 망각한 탓이다.

우리가 진정 행복해지기 위해서는 행복의 전 단계가 있어야 하고 행복의 마중물이 필요하다고 본다. 행복의 전 단계는 기쁨이고 다시 그 전 단계는 만족이다. 그러니까 만족 → 기쁨 → 행복의 순으로 행복이 발전한다는 것이다. 이것은 이론적으로 그런 것이 아니라 어디까지나 생활 사태에서 경험적

행복, 마음이 시켜서 만들어내는 무지개와 같은 것

으로 그런 것이다.

그러나 이보다 더 선행되는 마음은 감사하는 마음이다. 큰 것이 아니라 작은 것, 먼 것이 아니라 가까운 것에 감사하는 마음이 있을 때 만족이 있고 만족을 따라 기쁨과 행복이 차례로 온다. 그러기 위해서는 일상의 발견이 있어야 할 것이다.

요즘 날씨가 덥고 사납다. 그렇지만 말이다. 날씨가 사납고 더운 탓에 공기가 맑고 하늘이 얼마나 푸른지 모른다. 그 하늘 호수에 두둥실 빠져 헤엄치는 흰 구름은 또 어떠한지? 이 하늘과 흰 구름은 내가 어린 시절 염소나 소에게 풀을 뜯기며 바라보던 그 하늘과 흰 구름이 분명하다.

오늘 낮에 나는 자전거를 타고 두어 시간 시내를 돌며 볼 일을 보았다. 신발가게도 들르고 안경집에도 들르고 또 약국에도 들러 그동안 하지 못한 일들을 했다. 햇빛은 따가웠지만 하늘이 너무 맑고 구름이 너무 좋아 잠깐잠깐 자전거를 멈춰 하늘을 올려다보곤 했다.

오늘도 해가 기울면 나는 문학관의 꽃과 나무들에게 물을 줄 것이다. 그러면서 오늘 하루 이렇게 살아 있는 목숨에 대해서 감사한 마음을 가질 것이다. 그러면 내일 아침 문학관의 꽃과 나무들은 더욱 예쁜 웃음을 보여줄 것이고 더욱 싱싱한 초록으로 인사를 청해 올 것이다.

이러한 작은 기쁨, 작은 감사, 작은 만족은 당분간 내가 뿌리치기 어려운 유혹이고 또 그것은 작으나마 나의 행복한 마음을 기약해줄 것이다. 역시 감사한 일이다.

시의 참맛을 아는 배우

나는 텔레비전을 즐겨 보지 않는 사람이다. 그러므로 '학교 2013'이란 티브이 드라마에 나의 시 「풀꽃」이 이종석이란 미남 배우에 의해 읊어진 것을 알지 못했다. 나중에야 주변 사람들이 알려주어서 유튜브를 통해 확인해서 알게 되었다.

무심한 듯 반쯤 돌아서서 시를 외우는 배우가 매우 매력적이었다. 짧은 문장인데도 상황에 맞도록 강약과 음조를 조정하며 외우는 그의 낭송은 어떠한 낭송가의 낭송보다 훌륭했고 시를 외우는 그의 입술은 남자인 내가 보아도 인상 깊었다.

우연한 기회에 연결이 닿아 이종석 씨와 두 차례 만났다. 만나보니 의외로 이종석 씨는 유순하고 속이 깊은 젊은이였다. 타인에 배려심 또한 많은 사람이었다. 공주에서 만났을 때는 우선 우리 풀꽃문학관에서 만나 이야기하고 공주의 여러 곳을 함께 돌며 한나절을 보냈다.

이종석 씨는 내내 순한 학생처럼 나의 말에 귀를 기울이고 주변의 것들에 대해 관심을 보이면서 묻기도 하고 자기의 의견을 내기도 했다. 직접 시를 써보고 싶다 해서 시 쓰기 연습을 해보기도 했다.

그런 뒤 서울로 돌아간 그로부터 연락이 왔다. 나와 함께 책을 내고 싶다고. 그래서 나온 책이《모두가 네 탓》이란 제목의 사진 시집이다. 이 책은 이종석 씨의 사진과 나의 시가 짝을 이룬 책으로 한동안 베스트셀러에 오르기도 했다.

살아오면서 인기 있는 연예인이라 해서 왜 힘들고 어려운 일이 없었겠는가. 어려운 일이 있을 때마다 나의 시를 읽고 위로를 받았다 하니 신통하기도 하고 고맙기도 한 일이다. 미지의 독자와 시인이 이렇게 시를 통해서 만난다는 것은 매우 소망스런 일이며 하나의 꽃다발 같은 축복이기도 하다.

시를 알고 시를 사랑하며 힘든 일, 어려운 고비마다 시를 읽으며 스스로 감동하면서 위로와 축복을 자청해서 받을 줄 아는 한 젊은 배우를 우리가 가져 나 자신까지도 행복하고 자랑스럽다. 그의 앞으로의 연기 생활에 영광과 축복이 있기를

행복, 마음이 시켜서 만들어내는 무지개와 같은 것

빌며 그의 연기자로서의 모습을 멀리서나마 지켜보고 싶다.

'이 세상에서 누군가를 조건 없이 사랑하는 것보다 더 기쁜 일은 없고 또 누군가로부터 조건 없이 사랑받고 있다는 것을 아는 것보다 더 행복한 일은 없다'는 말이 있다. 이종석 씨에게 들려주고 싶은 말이다.

잡초를 뽑으며

명색이 풀꽃문학관이다. 이름값을 하기 위해서라도 꽃을 심어야 했다. 공터만 있으면 어디든 꽃을 심었다. 내가 좋아하는 꽃은 일년초보다는 숙근초. 한 번 심어두기만 하면 해마다 번식하며 더욱 좋은 꽃을 피워주는 것이 숙근초라는 것을 알기 때문이다.

주변의 여러 사람들이 자청하여 꽃을 심어주었다. 자기 집에 있는 꽃을 들고 와 심어준 이도 있고 자기 집 묘포에서 곱게 기르던 여러 가지 꽃들을 가져다 심어준 야생화 연구가도 있었다. 대개는 주변에서 쉽게 볼 수 없는 귀한 꽃들이다.

꽃을 피우는 풀을 우리는 화초라고 부른다. 화초? 그렇다면 잡초는 꽃을 피우지 않는다는 말인가! 물론 잡초도 꽃을 피우지만 인간이 바라는 꽃을 피우지 않으니까 그냥 잡초라

행복, 마음이 시켜서 만들어내는 무지개와 같은 것

고 부르는 것이다. 그만큼 인간은 주관적이고 이기적이다.

어쨌든 문제는 꽃을 심고 난 다음이다. 화초를 심기는 한 번뿐이지만 기르는 데는 날마다 사람의 손길이 가야 한다. 꽃 시중들기가 여간 힘겨운 것이 아니다. 봄이 오면서부터 나의 손길이 바빠져야만 했다. 화초가 자라는 터에 화초만 자라라는 법은 없다. 화초가 자랄 때 잡초도 자란다. 아니다. 잡초가 자랄 때 화초도 자란다.

잡초는 화초보다 힘이 세고 번식력이 좋다. 기껏 뽑아내면 그 자리에 다른 잡초들이 들어와 자란다. 그야말로 뽑고 돌아서면 다시 자라는 것이 잡초다. 어느 사이 그렇게 자랐나 모르게 자란다. 이런 잡초를 일러 농사짓는 분들은 잡초와의 전쟁이라고까지 말한다.

그런데, 그런데 말이다. 따지고 보면 화초도 풀이다. 다만 화초가 사람이 좋아하는 꽃을 피워주기에 화초인 것이다. 그것은 곡식이나 채소를 두고서도 마찬가지. 실은 곡식이나 채소도 풀이다. 역시 곡식이나 채소가 사람에게 먹을 것을 주기에 대접을 받는 것이다.

화초나 잡초나 새싹이 날 때는 구분이 잘 되지 않는다. 기껏 잡초를 뽑는다고 뽑았는데 화초를 뽑을 때가 있고 긴가민가해서 그냥 두었는데 나중에 보면 잡초일 때도 허다하다. 이런 경우 생각해본다. 나는 그동안 살아오면서 얼마나 많은 헛손질을 하면서 살아왔던가!

차라리 나 자신이 이미 나이 들어 늙은 사람이 된 것이 다행스럽게 여겨진다. 우리가 잡초다 화초다 말하고, 곡식이다 채소다 구별하는 것은 충분히 인간의 필요와 편견에 의한 것이다. 가령 잡초가 무성한 풀밭에 붉은색 봉숭아나 채송화 한 그루가 꽃을 피웠다 하자. 그렇다면 오히려 화초인 봉숭아나 채송화가 잡초가 되는 것이다.

아, 그렇구나. 다수파 속에 소수파가 바로 잡초구나. 다수파들에 의해 여지없이 제거되어야 하는 소수파. 만약 내 자신이 그 소수파 가운데 하나였다면 어찌 됐을까? 그러기에 우리는 기를 쓰고 다수파가 되기 위해 허우적거리며 오늘에 이른 것이 아닐까.

하지만 나는 그런 생각을 하면서도 여전히 잡초를 뽑는다. 날마다 내 손에 뽑히는 잡초들. 그들 앞에 나는 폭력이고 피할 수 없는 권력이다. 고집불통이다. 생각해보면 잡초처럼 고

행복, 마음이 시켜서 만들어내는 무지개와 같은 것

마운 존재도 없다. 잡초 덕분에 지구가 푸르러지고 기름진 땅으로 바뀐다. 잡초가 나지 않는 땅은 화초는 물론 곡식이나 채소도 자랄 수 없는 땅이다.

하기는 내가 좋아해서 시로 쓰고 그림으로도 그린 꽃들은 화초에서 피는 꽃들보다는 잡초에서 피는 꽃들이었다. 그런 내가 이렇게 잡초를 무차별 뽑아내다니, 생각해보면 이것도 하나의 이율배반이다. 언젠가 어느 순간 어느 환경 아래서는 나 자신도 지악스런 누군가의 손길에 의해 뽑힐 수도 있었던 잡초가 아니었던가.

4부

그렇다 해도 사랑은
번번이 축복이다

첫사랑, 그리고 짝사랑

첫사랑이란 말은 마음을 설레게 한다. 마음을 아련하게 만든다. 나에게 첫사랑은 누구였을까? 언제였을까?

사실 첫사랑의 대상이 누구였으며 그 사랑이 언제 있었던 사랑이냐 하는 것은 별로 중요하지 않다. 생각해보면 이 세상 모든 사랑은 첫사랑이다.

자꾸만 우리가 순서적인 조건이나 요소를 따져서 그렇지 우리가 겪는 모든 사랑은 첫사랑이다. 그 어떤 사랑도 두 번째 사랑이 아니고 최초의 사랑이란 말이다.

그러므로 첫사랑이란 말은 다시 한번 우리들 마음을 설레게 한다. 마음을 아련하게 물들게 한다.

짝사랑이란 말은 또 우리들 마음을 아프게 한다. 깊은 우수에 젖게 만든다. 아하, 가슴 밑바닥으로부터 탄성이 터져 나

오게 한다.

그렇지만 정말로 둘이서 완전하게 합의된 사랑이 있을 수 있을까? 한 사람과 또 한 사람이 사랑을 한다고 할 때, 그 두 사람이 서로 매양 마주 보고만 있으란 법은 없다.

때로는 엉뚱한 곳에 시선을 줄 수도 있고 그 가운데 한 사람은 또 다른 사람을 바라보고 있을 수도 있다. 그러므로 세상에는 그 어디에도 완전한 사랑은 없다. 모든 사랑은 짝사랑이라고 할 수 있다.

우리가 누군가를 사랑한다고 그래도 오로지 그 사람만을 사랑한다고 말하기는 어렵다. 오히려 내 마음속에 이미 들어와 있는 그 어떤 이미지나 기존 관념을 사랑한다고 말할 수도 있는 일이다.

그러니까 사랑의 대상이 나의 밖에 있는 그 누구가 아니라 나의 안에 이미 존재해 있는 그 무엇일 수도 있다는 얘기다. 오히려 자기 안에 있는 또 다른 자기를 사랑하는 것이 우리들 사랑인지도 모르는 일이다.

그처럼 이기적이고 이기적인 우리. 좋다. 오늘은 이 세상 모든 사랑은 첫사랑이고 짝사랑이라고 말해두자. 그렇게 말하고 나니 마음이 더 편해지고 더 가득해지는 느낌이다.

사랑. 그것은 여전히 정의하기 어려운 말이고 실체를 도무지 파악하기 어려운 우리들 마음속 깊숙이 숨어 있는 신비한 그 무엇. 비밀 같은 존재인지 모른다.

여행에의 권유

우리의 일상은 날마다 올망졸망 비슷하다. 따분하고 짜증이 나고 지루함을 느낄 수도 있겠다. 때로는 이러한 감정이 우울한 감정을 갖게 하고 드디어는 불행감으로 연결되기도 할 것이다. 당신이 현명한 사람이라면 이러한 마이너 감정에 과감히 브레이크를 걸 줄 알아야 한다.

여행 말이다. 여행을 계획하고 여행을 감행해보는 것이다. 대개들 여행이라 그러면 먼 나라로 떠나는 것만을 생각하기 쉽다. 나는 그렇지 않다고 생각한다. 생각해보면 우리들 인생 자체가 여행이고 하루하루가 또 여행이다. 어딘가 우리가 모르는 저 세상에서부터 이 세상으로 떠나온 여행 말이다.

정말로 하루하루의 삶 자체가 여행이다. 여행이란 무엇인가? 우선은 낯설고 새로운 환경과의 만남이겠고 호기심, 동경이 이끄는 세계로의 나아감이다. 다시금 생각해보시라! 우리의 삶 하루하루가 얼마나 새롭고 두려울 정도로 낯선 것과의 만남 그 연속이겠는가.

자기가 살고 있는 마을 주변을 돌아보는 것도 자그만 여행이고 도시의 곳곳을 돌아보는 것도 여행이겠다. 특히 골목길을 돌아보는 일은 매우 유익한 일이다. 두 발로 걷는 것이 정석이지만 때로는 자전거를 이용해서 빠르게 유영하듯 휘적휘적 돌아보는 것도 좋을 것이다.

시간의 여유를 가질 필요가 있다. 일에 쫓겨서도 안 된다. 머리를 비워야 한다. 그렇게만 된다면 모든 것이 새롭게 낯설게 보일 것이다. 아, 저기에 저런 것들도 있었구나! 저것이 저런 모습이었나? 마음에 울림이 오고 조그만 모양이나 색깔이 번지기도 할 것이다.

이것을 나는 생활의 발견, 일상의 발견이라고 말하고 싶다. 유레카, 이러한 발견이 우리들의 인생 하루하루를 싱싱하게 만들어주고, 즐겁게 만들어주고, 유용하고 유익하게 만들어주고, 끝내는 행복한 마음으로 이끌어줄 것이다. 이 얼마나 감사한 노릇인가!

먼 곳으로 떠나는 여행도 그렇다. 돈 들이고 시간 들이고 건강을 바쳐 떠나는 여행을 낭비라고 생각하던 시절이 나에게도 있었다. 떠남, 그 자체만 보면 낭비가 맞다. 하지만 그것을 통해 얻어지는 것이 있으니 끝내는 낭비가 아니라고 해야 할 것이다.

우선 여행을 도모하는 것은 일상의 지루함 때문이다. 일탈의 유혹 때문이다. 이때 일상은 구심력이 되고 여행지는 원심력이 된다. 어딘가로 떠나고 싶다는 생각은 일상의 지루함과 따분함에서 벗어나고 싶은 마음과 동일한 것이다. 충분히 열심히 잘 견디며 살았으니 이제 떠남의 결행은 우리들의 몫이 되어야 한다.

떠나자. 떠나고 보자. 일단 가방을 꾸려 어떤 종류든 탈것에 오르기만 하면 낯섦과 새로움이 구심력이 되고 지루했던 일상이 원심력이 된다. 조금씩 발버둥 치며 빨려 들어가는 낯섦의 세상! 며칠이고 되풀이되는 여행의 일정. 그 눈부심! 이제는 변화무쌍이 일상이 된다. 여행지의 낯섦과 새로움이 좋아지는 자신을 발견하기도 할 것이다.

하지만 일정이 계속되면서 조금씩 피곤을 느끼며 떠나온

그렇다 해도 사랑은 번번이 축복이다

일상의 그 따분함과 편안함이 그리워지기도 할 것이다. 그렇게 되면 두고 온 일상이, 그 낯익음과 편안함이 원심력이 되고 여행지의 새로움과 낯섦이 구심력이 된다. 정작 우리가 여행을 떠나는 목적이 여기에 있다. 아, 그곳이 좋았다. 그곳으로 돌아가고 싶다. 일상의 그 따분함과 지루함과 편안함 속으로 돌아가고 싶다.

이것 또한 새로운 발견이고 자아의 눈뜸이다. 그렇다면, 그것이 진정 그러하다면 돈 들이고 시간 들이고 건강을 바쳐서 떠나는 여행은 낭비도 아니고 단순한 낭만도 아니겠다. 여행지에서 돌아보는 자기 자신의 모습은 어떨까? 함께 부대끼며 살아온 사람들은 모습은 또 어떨까? 작은 것, 버려진 것, 오래된 것들이 와락 소중하게 느껴질 것이다.

실상 여행의 진정한 목적은 인생의 터닝포인트를 갖는 데에 있다. 지금까지 이렇게 살아오던 삶을 저렇게 살도록 바꾸는 데에 있다. 나의 진정한 모습은 무엇이며 내가 진정 살고 싶었던 나의 삶은 또 어떤 것이었던가? 그것을 찾아내고 돌아와 그대로 살아보도록 노력하는 데에 있다.

사랑하는 당신! 정말로 당신의 삶이 지루하고 따분하고

무의미하기만 한가? 그렇다면 조금쯤 무리를 해서라도 떠나라! 멀리 떠나지 못하면 가까운 곳으로라도 떠나고 그렇지도 못하면 마을의 골목길로라도 떠나시라. 거기에 당신이 찾는 당신의 모습이 당신을 기다리고 있을 것이다. 여행은 우리의 인생을 다시 태어나게 한다. 새롭게 꿈꾸고 새롭게 발견하고 새롭게 살게 한다.

> 가방을 들고
> 차를 타고 가면서
> 집으로 돌아가고 싶어 하는 내가 있고
>
> 집에 돌아와
> 가방을 정리하면서
> 떠나온 곳으로 돌아가고 싶어 하는 내가 있다
>
> 어떤 것이 진짜 나인가?
> ─ 나태주, 「여행」

그렇다 해도 사랑은 번번이 축복이다

‘떠나온 곳으로 다시는 / 돌아갈 수 없다는 걸 알기까지는 / 많은 시간이 필요했다.’ 이것 역시 내가 쓴 또 다른 「여행」이란 시다.

용기를 주는 문장

살다 보면 마음이 힘들고 작은 일에 지칠 때가 있다. 다리가 후들거리고 그 자리에 주저앉고 싶은 순간이 있다. 이런 때는 누군가의 도움의 말이 필요하고 스스로 자신에게 용기를 줄 말을 찾아야 한다.

이런 때 가장 좋은 말로 나는 다음의 두 문장보다 더 좋은 문장을 지금껏 만나지 못했다. 가장 빛나는, 가장 좋은 문장이란 말이다. 외워두었다가 마음이 답답하고 어두울 때 떠올려 중얼거려 봄도 나쁘지 않을 것 같다.

예인의 나팔을 불어다오

오! 바람이여!

그렇다 해도 사랑은 번번이 축복이다

겨울이 오면

봄도 멀지 않으리.

이것은 함석헌 선생도 생전에 좋아했다는 영국의 낭만파
시인 퍼시 비시 셸리의 「서풍의 노래」란 작품의 끝부분 문장
이다. 너무나 상식적이고 뻔한 말이지만 이러한 말 속에 새로
운 발견이 있고 삶에 대한 진정한 위로가 있다.

어찌 겨울이 없는 봄이 있단 말인가. 겨울은 물론 춥고 어
둡고 살기 힘들다. 피하고 싶다. 그러나 그 겨울을 견뎌야만
봄이 온다는 사실! 이것도 하나의 희망이요, 꿈이다. 마음의
밝은 등불이다. 이 등불과 희망을 가슴에 안고 한 발자국씩
앞으로 나아가보자.

바람이 분다

살아보아야겠다.

역시 우리에게 용기와 각성을 주는 문장. 프랑스의 시인 폴
발레리가 쓴 「해변의 묘지」란 장편시의 마지막 일부분이다.

바람이 부는 것과 '살아보아야겠다'는 다짐은 서로 닮아 있지도 않고 연결 고리도 없다. 현실적으로 바람이 불면 모자가 날아가지 않도록 모자를 잡든지 옷깃을 여미든지 방 안으로 들어가든지 그럴 것이다. 그렇지만 시인은 '살아보아야겠다'고 쓰고 있다.

이것이 바로 시인의 마음이고 현실과는 다른 시적인 진실이다. 현실 속에서는 모순이 되지만 시 안에서는 진실이 되는 그 오묘한 마음이다. 지난날 이런 시 구절을 읽으며 우리는 얼마나 많은 용기를 얻었던가. 오늘날 힘들어하는 젊은 당신들도 이러한 문장들을 외우면서 용기와 힘을 보탰으면 싶다.

유월을 꿈꾸며

가시나무에서도

장미꽃이 피어나는

이 좋은 계절에

마음아,

무엇을 걱정하고

무엇을 망설이느냐?

— 작자 미상, 「유월에」

처음 이 시를 대한 것은 허영자 시인의 어떤 수필집에서다. 두고두고 읽어도 마음에 들고 마음에 따스한 감흥을 주는 아름다운 문장이다. 구차한 설명을 보탤 일도 아니다. 다만 가슴으로 느끼고 내 것으로 하면 된다. 무릇 진정으로 좋은 것들은 그런 것들이다.

장미꽃과 가시나무. 서로 다른 것 같지만 그것이 한 몸에 있다니! 알면서도 모르고 모르면서도 알았던 이 사실. 인간은 그렇게 자주 까막눈이다. 그 눈을 떠야 한다. 숨겨진 부분을 보아야 하고 깊은 곳에 있는 것을 찾아내야 한다. 무슨 일에든 유레카가 있다.

어떤 자리에선가 이 시의 원작자가 누구인지 허영자 시인에게 물은 일이 있다. 그런데 젊은 시절 어디에선가 읽었는데 원작자를 기억하지 못한다는 답변이 왔다. 그래서 그 뒤부터 나의 기록에는 모두 작자 미상으로 되어 있다.

하지만 어떠랴. 작자를 모른다 해도 좋은 시는 좋은 시가 아니겠는가. 내가 오래 두고 사랑하면 좋은 것이 아닌가. 해마다 유월이 오면 나는 이 시를 꺼내어 읽으면서 다시금 찾아온 유월을 눈부시게 가슴으로 안아본다. 그야말로 생명 감각의 만끽이다. 가시나무에서 피어나는 장미꽃을 환영하며 또 그같이 피어날 나의 인생을 꿈꾸어보는 순간이다.

화해와 용서

사람은 살아가면서 언제나 그가 겪어야 할 과업을 지니고 있다. 어린 시절엔 어린 시절 대로의 과업이 있고 나이 들어서는 나이 들어서의 과업이 있다. 심리학이나 교육학에서 말하는 발달과업이 그것이다. 이를 또 톨스토이 같은 이는 '성장'이란 말로 표현했다.

어쨌든 인간은 순간순간 좋아지는 쪽으로든 나빠지는 쪽으로든 변화하게 되어 있다. 변화한다는 것은 하나의 생명현상이기도 하다. 나이가 많이 들어서 사람이 해야 할 변화와 성장, 발달과업 가운데 하나는 화해와 용서다. 오로지 나만의 입장에서 바라보던 눈길을 거두어 너의 입장과 눈길로 인생을 바라보기 시작하는 데서 화해와 용서는 출발한다.

그렇구나, 그때 내가 무리를 했고 속력을 냈고 나만 생각했구나, 그렇게 자신을 돌아보면서 앞으로만 질주하던 인생이 뒤를 돌아보는 인생으로 바뀌고 주변을 살피면서 너그러운 눈길을 회복하게 된다. 인생 모드 자체가 바뀐다. 그러면서 자신을 바라보는 눈길조차 달라지게 된다.

먼저 자신과 화해하고 자신의 잘잘못을 그대로 인정해주면서 모자란 점, 불편한 점이 있다면 그것들과 화해하고 그것들을 용서해줄 필요가 있다. 화해와 용서의 첫 단계는 내려놓는 단계다. 들고 있던 무거운 짐을 바닥에 놓는 것처럼 그냥 내려놓기만 하면 된다. 따지고 망설이고 할 필요도 없다.

그러면서 자신에게 휴식을 주고 관용을 베풀어야 한다. 여기서 필요한 것은 모든 일을 안쓰럽게 여기는 마음이다. 부처님이 말씀하신 자비심이라 해도 좋고, 공자님의 측은지심이라 해도 좋겠다. 이런 시선과 태도를 견지하면서 주변의 사람들을 보면 된다. 누구보다도 가족들을 그렇게 보아야 한다.

가족. 귀하고 아름다운 이름이며 참으로 좋은 인간관계다. 아주 오랜 시간 함께 부대끼며 살아온 사람들이다. 그러므로 좋은 일만 있었던 건 아니다. 살아오면서 이지러지고 상처받고 힘든 골목골목들이 그 누구보다도 많은 사람들이 가족이다. 나와 화해하고 나를 용서한 다음에는 내처 가족과 화해하고 가족을 용서해주어야 한다.

그것이 바로 사람이 나이 들어서 진정으로 해야만 하는 발달과업이다. 나의 경우, 가장 먼저 용서와 화해의 대상은 아버지였다. 그리고 다음은 아들. 아직도 이러한 나의 발달과업은 진행 중이다. 어디까지 갈 줄은 모르겠으나 살아서 충분히 그 일을 해나가고 싶다.

발등이 부어도

날마다 다리가 붓고 발등이 붓는다. 편안히 집에서 쉬면서 생활해야 하는데 문학 강연을 다닌 탓이다. 먼 곳을 대중교통으로 허우허우 바쁘게 다닐뿐더러 하루에 두세 시간, 길게는 네다섯 시간 서서 말하고 사인을 길게 한 탓이다. 그래도 집에 돌아와 따스한 물에 목욕을 하고 잠을 자면 부은 다리가 말끔히 내리니 다행이다.

창밖의 개울에서 물소리가 들려온다. 내가 잠든 사이 어느새 비가 많이 내려 개울물이 불어났나 보다. 어디선가 새소리가 들린다. 아, 창공에 제비가 보인다. 한 마리, 두 마리, 네 마리. 작년에 왔던 그 제비다. 그런데 이 제비는 집제비가 아니라 산제비다. 사람들이 명매기라 부르는 산제비.

명매기는 집제비보다 몸집이 크고 부리가 붉은 게 특징이

그럼다 해도 사랑은 번번이 축복이다

다. 산의 커다란 나무 둥치나 바위 구멍 어딘가에 집을 짓고 새끼를 쳐서 기르는 제비다. 제비들은 작년에 우리 집 아파트 창공을 날던 그 제비들이거나 그 제비들의 새끼 제비일 것이다. 귀하신 손님들이다.

고맙구나. 반갑구나. 너희들도 용케 잘 살아서 올해 우리들 하늘로 돌아왔구나. 나 또한 잘 살고 견뎌서 다시금 너희들을 만난 것은 얼마나 다행스럽고 귀하고 감사한 노릇이냐! 부디 건강한 벌레들 찍어 먹고 새끼들 잘 길러서 내년에도 우리들 하늘로 다시 돌아오기를 바란다.

오늘 저녁에도 나의 다리가 붓고 발등이 부을 것이다. 그렇다 해도 나는 집에서만 지내지는 않을 것이다. 나를 찾는 곳이면 기꺼이 갈 것이고 나를 보자는 사람이 있으면 또 그 사람에게로 갈 것이다. 이것이 바로 내가 살아서 세상에 숨쉬고 있는 까닭이고, 목숨의 가치이기 때문이다. 오늘 저녁에도 나는 어딘가를 바쁘게 다녀와 이렇게 기도를 드릴 것이다.

하나님
오늘도 하루

잘 살고 죽습니다

내일 아침 잊지 말고

깨워주십시오.

– 나태주, 「잠들기 전 기도」

일생의 스승

    나는 어려서 외할머니 손에 길러졌다. 정확하게 말한다면 네 살 때부터 열두 살 때까지. 그렇지만 나는 당당하게 얹혀서 사는 아이였다. 외갓집에는 외할머니와 나 말고 다른 식구가 없어서 내가 마치 외갓집의 주인인 양 살았다. 또 외할머니도 나를 당신의 오직 하나뿐인 피붙이로 알고 양육해주셨다.

    자연스럽게 나는 응석받이였고 무슨 일이든 내 멋대로 하는 버릇없는 아이였다. 이런 점을 아버지는 매우 불안하고 불만스럽게 여겼던 것 같다. 어린 나는 모르고 있었지만 아마도 아버지와 외할머니 사이에 묵계 같은 것이 있었지 싶다. 초등학교만 외갓집에서 외할머니하고 지내고 그 이후엔 아버지 집인 본가로 돌아간다고.

    어쨌든 나는 외갓집에서 외할머니의 막둥이 아들처럼 제

멋대로 자유롭게 살았다. 굴레를 벗은 한 마리 망아지였을 것이다. 학교에만 다녀오면 산으로 들로 다니며 친구들과 어울려 다니며 놀고 또 놀았다.

여기에 제동을 걸고 나선 분이 바로 외할머니였다. 내가 만화책만 읽고 학교 공부에 열중하지 않자, 한번인가는 아주 심하게 나무라셨다. 아마도 4학년에서 5학년쯤이었을 것이다. 나중에는 부엌에서 칼을 들고 와서 옆에다 놓고 네가 공부를 열심히 하지 않으면 스스로 목숨을 끊겠노라 위협까지 했다. 나는 그때에서야 외할머니가 무서워졌고 외할머니의 말씀도 두려워졌다.

탱탱하게 고집을 세우던 나도 무너지지 않을 수 없었다. 노는 것도 좋지만 외할머니가 죽는 것은 너무나도 무섭고 싫은 일이었기 때문이다. 나는 울면서 외할머니에게 굴복하고 말았다.

"알았어요, 할머니. 이제 공부 열심히 할게요."

그 이후 나는 공부하는 아이가 되었다. 공부하기 좋아하는 아이는 없다. 책 읽기 좋아하는 사람도 많지 않다. 공부하기와 책 읽기는 억지로 하는 것이다. 그것은 선행이나 봉사도

그렇다 해도 사랑은 번번이 축복이다

마찬가지다.

해야만 되기 때문에 하는 것이다. 하기 싫지만 자기 자신을 달래서 하는 것이다. 정말로 그 이후로 나는 달라졌다. 아무리 하기 싫어도 외할머니와 한 약속을 지키기 위해서 공부를 해야만 했다. 지금도 내가 공부하는 사람으로 남은 것은 돌아가신 외할머니와의 약속을 지키기 위해서다. 억지로 책을 읽고 억지로 글을 쓰다 보니 책을 200권 이상 낸 사람이 되었다. 이게 모두 외할머니의 가르침 덕분이다.

초등학교 시절 나는 거의 한 번도 우등상을 받아보지 못했다. 받았다 하면 '품행방정상'이란 것을 받았다. 지금으로 말하면 선행상이다. 그렇다고 해서 내가 선행을 하는 아이는 아니었다. 다만, 선생님이 보시기에 유난히 얌전하고 말을 잘 듣는 아이였을 뿐이다. 학기 말에 상장과 통지표를 들고 집으로 돌아오면 외할머니는 말씀하셨다.

"너는 머리가 좋은 아이는 아니야. 열심히 하니까 그만큼이나 하는 것이지."

외할머니가 야속했다. 그렇게도 푸근하고 순하고 나긋나긋하고 나를 잘 챙겨주시는 분이 왜 공부에 관해서만은 야박

한 말씀을 하실까! 기왕이면 '너는 머리가 좋은 아이니 노력하면 더 좋은 성적을 낼 수 있을 거야.' 왜 그렇게 말씀하시며 용기를 주시지 않았을까? 하지만 나도 모르는 어느새 외할머니의 그 한마디, '너는 머리가 좋은 아이는 아니야. 열심히 하니까 그만큼이나 하는 것이다', 그 말씀이 내 삶의 지침이 되었다.

살아줘서 고맙습니다

　내가 지금까지 살아오면서 타인으로부터 들은 말 가운데 가장 많이, 가장 강하게, 가장 오랫동안 기억에 남는 말이 있다. "살아줘서 고맙습니다." 지인들한테서도 들었지만 그냥 얼굴만 아는 사람들한테서도 많이 들은 말이다.

　그러니까 그것은 2007년의 일이다. 나는 교직 정년을 6개월 남긴 초등학교 현직 교장이었다. 그런데 배 속의 쓸개가 완전히 터져버린 것이다. 급하게 찾은 병원에서는 살 가망이 없다고 했고 그 소문은 널리 퍼졌다.

　아마도 내 이름을 기억하고 있던 사람들은 모두 듣고 깜짝 놀랐을 것이다. "그 사람이 죽는대!" 나름대로 조그만 충격을 받았을 것이다. 많은 사람들이 병원 중환자실로 면회를 왔다. 마지막 얼굴이나 보자는 심사로 그랬을 것이다.

어떤 면회자는 숨을 몰아쉬는 나를 붙잡고 울기도 했다. 심지어 아내와 청양 여동생은 유언을 받으러 들어왔지만 끝내 유언을 받아내지 못하고 나갔다고 나중에 들었다. 그렇게 나의 안위는 위중했고 나의 목숨은 경각에 달려 있었다.

바람 앞에 흔들리는 촛불과 같았다고나 할까. 그런데 끝내 죽지 않고 살아서 퇴원을 할 수 있었다. 그럴 때 쓰이는 말로 천우신조란 말이 있을 것이다. 하늘과 신이 도왔다는 뜻이다. 정말로 하늘과 신이 도와서 살아서 집으로 돌아왔다.

그렇게 돌아온 나를 만나 사람들이 제일 많이 들려준 말이 '살아줘서 고맙습니다.' 길거리에서 만난 사람들 가운데 내 손을 부여잡고 "선생님, 살아줘서 고맙습니다."라고 말하는 옛날 학부형들도 많았다.

비록 번거로운 절차로 해서 병원에 면회는 오지 못했지만 마음속으로는 많이 걱정하고 염려했다는 말이 그 말 속에 숨어 있다. 진정으로 나를 생각하는 마음이 또 그 말 속에 들어 있다. 이 얼마나 감격스럽고 감사한 말인지!

그러던 어느 날 해거름 무렵이었을 것이다. 공주 금강 가에 새이학이란 식당이 있다. 이 집은 공주국밥의 전통을 선대

그렇다 해도 사랑은 번번이 축복이다

로부터 이어받은 집으로 평소 내가 즐겨 들러 식사를 하고 외지에서 온 손님들을 맞기도 하던 집이다.

문득 생각이 났고 그리운 마음이 생겨서 갔을 것이다. 아직은 성하지 못한 몸, 비틀거리는 발걸음이었을 것이다. 식당 문이 안에서부터 열리면서 재빠르게 밖으로 나오는 사람이 있었다. 그 집 주인 김혜식 씨. 발에 신도 신지 않은 채였다.

그는 내게로 다가오자마자 나를 덥석 안았다. 젊은 여자가 나이 든 남자를 덥석 안다니! 그것도 맨발인 채로. 그것은 공주의 거리에서는 별로 낯익은 풍경이 아니다. 그래도 그는 개의치 않고 한참동안 그런 자세로 있었다.

"선생님, 살아줘서 고맙습니다."

그때 그의 입에서 가늘게 새어나온 말이다. 그는 사진도 찍고 글도 쓰는 사람으로서 오래전부터 알고 지내던 사람. 그런데 병원에 면회까지는 못 왔지만 속으로 많이 걱정했노라 했다.

그날 저녁 그는 자기 집에서 만든 공주국밥 한 그릇을 나에게 억지로 대접해 먹였다. 공짜로 밥을 얻어먹은 일도 그러하지만 국밥 한 그릇에 담긴 그의 정성스런 마음이 오래 잊혀

지지 않는다.

살아줘서 고맙습니다.

그 말은 이제 나에게 정금과 같이 귀한 말이 되었다. '당신이 이 세상에 살아줘서 고맙습니다. 당신이 나와 가까운 곳에 살아줘서 감사합니다. 아닙니다. 당신이 나하고 함께 살아줘서 고맙습니다.'

함께 밥을 먹어줘서 고맙습니다. 함께 차를 마시고 이야기를 나누어줘서 고맙습니다. 함께 길을 걸어줘서 고맙습니다. 더구나 나를 사랑해주시고 때때로 생각해줘서 더욱 고맙습니다.

미인을 위하여

나의 지인 가운데 외모가 특출하게 예쁜 여인이 있다. 그 여인은 가정이 부유할뿐더러 사회적 지위도 높은데 마음씨까지 온유하고 너그러워 다른 사람에게 베풀기도 좋아하는 사람이다. 스스로도 자기가 미인이라고 생각하여 자기 관리를 철저히 하는 사람이다.

그 여인과 가까이 지내는 또 한 여인이 있었다. 어느 날 그 여인이 예쁜 여인에게 말했다.

"너는 말이야. 예쁜 것은 분명한데 너 자신이 예쁘다는 것을 아는 것이 잘못이란 말이야. 제가 예쁘다는 걸 모르고 예쁘면 더 예쁠 텐데 말이야."

이것은 농담 삼아서 던진 말이다. 이 말을 듣고 나는 생각해보았다. 몇 해 전에 세상을 뜬 선배 시인의 말이다. '사과는 제가 사과인 줄 모르고 익어야 사과다. 만약 제가 사과인 줄 알고 익으면 사과가 아니다. 마찬가지로 시인도 제가 시인인 줄 모르고 시를 써야지 시인인 것을 지나치게 강조하거나 그러면 참된 시인이 아니다.'

가슴이 뜨끔한 지적이다. 시인이 제가 시인인 줄 모를 때 정말로 시인이라! 평생을 두고서 가슴에 새기고 새길 교훈이요, 마음의 보배 같은 말씀이다. 그 선배 시인은 이런 말도 남겼다. '시인에게는 백 편의 시가 중요한 것이 아니라 백 사람이 읽어줄 한 편의 시가 중요하다.'

성경에도 이런 내용이 나온다. 베드로가 예수님을 만나 얼마 되지 않았을 시절이다. 갈릴리 호수 위에 폭풍이 일고 파도가 거센 밤이다. 베드로는 예수를 따라 물 위를 걷는다. 한참 동안 물 위를 걷던 베드로는 자기가 물 위를 걷고 있다는 것을 문득 깨닫고 놀란다. 아, 내가 지금 물 위를 걷고 있구나. 그것을 알게 되는 순간 베드로는 겁을 잔뜩 집어먹는다. 그러자 베드로는 물에 빠지고 만다.

시인도 그렇고 사과도 그렇고 미인도 그렇다. 자기에 대해서 지나치게 의식하거나 떠벌리거나 자랑할 일이 아니다. 자신의 일을 너무 의심할 것도 아니다. 그저 자기가 자기대로 편안하고 자연스러워질 때 더욱 자기답게 빛난다는 것! 시 쓰는 사람들뿐만 아니라 모든 사람들이 알았으면 좋겠다.

톨스토이에게 듣는다

내가 평생 좋아한 외국 문인 가운데 한 분인 러시아의 소설가 톨스토이는 좋은 말씀을 많이 남겼다. 톨스토이는 스스로 묻고 대답했다. 이 세상에서 가장 귀한 것 세 가지는 무엇인가? 거기에 대하여 톨스토이는 이렇게 대답한다. '첫째는 지금 여기. 둘째는 옆에 있는 사람. 셋째는 그 사람에게 잘해 주는 것.'

대번에 아하! 하는 소리가 나온다. 우리는 그동안 왜 그것을 몰랐던가. 탁견이다. 여기에 더하여 톨스토이는 또 묻고 대답한다. 세상에서 가장 아름다운 것 세 가지는 무엇인가? '첫째가 장미꽃. 둘째가 어린이. 셋째가 어머니 마음.' 거기에 더하여 다시 묻는다. 그 가운데서도 영원히 아름다운 것은 무엇인가?

끝내 문호는 인간이 소유한 시간의 소중성을 말하고 싶었던 것이다. 우리의 생명은 시간에 구속된 그 무엇이다. 시간이 지나면 변하게 되어 있다. 장미꽃은 시간이 지나면 시들고 어린이는 시간이 지나면 늙는다. 그렇지만 어머니의 마음은 시간이 지나도 변하지 않는다. 그래서 최후의 정답은 어머니의 마음이 된다.

몇 해 전 러시아의 문학인을 찾아 여행을 떠난 일이 있다. 그 여행길에 모스코바에 있는 톨스토이의 생가를 보는 기회를 가졌다. 톨스토이는 작품만 방대한 것이 아니라 삶의 스케일도 방대한 인물이었다. 우선 기념관 현관 유리창 안에 진열된 옛 소설가, 장신의 털외투가 동양에서 찾아간 조그만 시인의 기를 죽이고도 남는 바가 있었다.

톨스토이의 평생의 화두인 성장에 대해서도 알 수 있어서 좋았다. 톨스토이는 인생의 화두로서 '성장'을 들었다. 인간은 누구나 살아 있는 동안 성장을 거듭해야 한다는 것이다. 이러한 성장을 위하여 하위의 과업이 있는데 그것은 소통, 몰입, 죽음을 기억하는 삶이라고 한다.

톨스토이는 쉰 살까지 매우 호기롭게 살면서 물질적 부와

명예와 건강까지 두루 갖춘 이른바 세속적으로 성공한 인물이었다. 그러나 쉰의 나이에 이르러 회심(回心)의 기회를 갖는다. 과거의 삶을 돌아보면서 통렬히 반성하고 통회(痛悔)하면서 《참회록》이란 책을 썼을 뿐만 아니라 그로부터 새로운 인생을 산다.

여기서 나온 것이 성장에 대한 화두다. 이후 더욱 훌륭한 작품이 쓰이면서 톨스토이 자신은 러시아 국민뿐만 아니라 세계적으로 유명해져 대중으로부터 존경과 사랑을 한 몸에 받는 인물이 된다. 그렇게 32년을 더 살았다니 두 사람 몫의 인생을 산 사람이라 하겠다.

톨스토이가 말한 성장의 하위개념 가운데 첫째인 소통. 소통은 다시 세 가지로 나누어진다. 자기 자신과의 소통, 타인과의 소통, 세상과의 소통. 소통 없이는 원활한 성장이 어렵다. 세상살이조차 불가능하다. 소통은 대화이며 질서이며 생명이며 아름다움 그 자체다.

둘째로 든 것은 몰입. 앞에서도 말했듯 몰입이야말로 성공으로 가는 지름길이다. 모든 성공하는 사람들의 특성 가운데 하나가 몰입이다. 제일로 버리기 힘든 자아까지도 잊어버리게 만드는 무아의 경지가 바로 몰입이다. 몰입만 제대로 되면 성취의 밀도가 높아지고 깊어지며 시간의 벽까지도 훌쩍 뛰어넘게 된다. 공부 잘하는 사람, 예술적으로나 학문적으로 업적을 남긴 사람들은 몰입의 천재들이라 하겠다.

마지막으로 죽음을 기억하는 삶. 사람은 사뭇 어리석은 구석이 있어서 자기에게는 질병도 없고 죽음도 없는 것처럼 살기 쉽다. 그래서 오늘 할 일을 자주 내일로 미루고 게으름을 피우기도 한다. 그러나 그것이 아니다. 오늘은 내 생애에서 유일한 한 날이다. 돌아올 수 없는 한 날이다. 오늘 하루를 지상에서의 마지막 날처럼 최초의 날처럼 알고 살아야 할 일이다. 그래서 순간을 영원처럼 살아야 한다. 이것이 바로 톨스토이가 말하는 죽음으로 기억하는 삶이다.

사람을 좋아한다는 것

세상에 어려운 일이 많지만 사람이 사람을 좋아하는 것처럼 어려운 일도 없지 싶다. 우선은 한 사람이 한 사람을 좋아하는 것으로부터 출발한다. 일방적인 좋아함이 쌍방으로 바뀌어 상호작용이 일어나기도 하고 보다 더 좋은 관계로 발전하기도 한다.

처음 나는 내가 좋아하는 사람은 그들끼리도 좋아하는 관계가 될 줄 알았다. 그것이 애당초 분홍빛 생각이었다. 그래서 그들을 소개해주었고 가깝게 지내도록 권유했다. 그런데 아니었다. 그들은 끝내 서로가 좋아하는 사람이 되지 못했다. 다만 내 생각 속에서만 그랬을 뿐이다. 오히려 서로 나쁜 감정을 가진 상태가 되어 멀어지고 말았다. 차라리 그들을 내버려두었더라면 더 좋았을 것이라는 생각이 들었다. 후회다.

이렇게 인간과 인간 사이의 일은 까다롭고 어렵다. 그 일로 오랫동안 마음이 불편했다. 그래서 나는 그들을 따로따로 좋아하기로 했다. 이 사람 따로 저 사람 따로 그렇게 말이다. 인간과 인간이 이렇게 서로 좋아하는 일이 어려운 일인가 보다. 그것은 일방적인 외길이고 또 까다로운 외줄 타기 같은 것인가 보다. 이런 일 하나를 두고서도 여간 어려운 게 아니다.

지나친 공손

살아오면서 실수한 일들이 셀 수 없이 많다. 완벽주의자인 양 가장했지만 사람이 어찌 실수 없이 살 수 있을까. 그것은 아주 오래전, 40대 후반 무렵의 일일 것이다.

나는 공주교육대학교 부설초등학교 교사로 근무하고 있었다. 그 대학 윤리과 교수 가운데 K교수님이 있었다. 매우 예의가 바르고 조신하신 성격으로 사람을 대함에 있어 소홀함이 없는 분이었다. 길거리나 캠퍼스 안에서 아는 사람을 만나면 고개를 깊이 숙이는 것으로 이름이 나 있었다. 저만큼 K교수님의 모습이 보이면 이쪽에서 지레 정신이 차려지고 짐짓 자세를 가다듬게 되곤 했다.

그러던 어느 날이었을 것이다. 공주 시내 은행에서 볼일을 마치고 은행 문을 열고 밖으로 나왔을 때의 일이다. 은행 앞길에서 K교수님과 딱 마주쳤다. 나는 보통 때처럼 K교수님 앞으로 가 깊숙이 허리를 숙였다.

그때 머리에서 불이 번쩍 튀도록 자극이 왔다. "딱!" K교수님의 이마와 내 이마가 정면으로 부딪힌 것이다. 그와 내가 동시에 같은 방향으로 머리를 깊숙이 숙인 것이 화근이었다. 이럴 수가! 나는 얼얼한 머리를 들어 올리며 K교수님에게 사과를 해야만 했다.

"제가 너무 고개를 많이 숙여서 죄송합니다."

그건 사과의 말이라고 하기에는 너무나 생뚱맞고 궁색한 변명이었다. 그날 어떻게 K교수님과 헤어져 집으로 돌아왔는지는 기억에 없다. 나나 K교수님이나 무슨 커다란 잘못이라도 저지른 사람들처럼 서둘러 그 자리를 떠났으니까 말이다. 그 뒤부터 우리 두 사람은 길거리나 캠퍼스 안에서 만나더라도 멀리서부터 피하여 다른 길로 돌아가는 사이가 되었다.

'지나친 공손은 오히려 예의에 벗어난다'는 옛말이 있다. 결국 그 일이 약이 되어 인사할 때 지나치게 고개를 숙여서는 안 된다는 것을 알게 되었다. 때로는 상대방이 고개 숙이는 방향을 살피면서 고개를 숙이는 조심성까지도 배웠다.

사랑, 거짓말

번번이 막막했고 번번이 서러웠다. 번번이 처음처럼 왔고 마지막처럼 갔다. 그러나 떠난 기억은 오래도록 잊히지 않았다. 아니, 모든 기억이 생생히 살아 있었다. 한번 덫에 걸렸으면 다음에는 걸리지 말았어야 하는 건데 다음에도, 그다음에도 새롭게 찾아오는 사랑을 굳이 피하고 싶지 않았다. 어려서도 그랬고 젊어서도 그랬고 늙어서까지 그랬다.

이걸 어쩌면 좋단 말이냐? 계속해서 찾아오는 사랑 모두가 진짜 같았다면 끝내는 모두가 가짜란 이야기가 된다. 하기사 사랑은 거짓말이라도 참말로 알아듣는 두 사람만의 믿음의 세계, 그 사잇길인지도 모른다. 그래서 참말도 거짓말이 되고 거짓말도 참말이 되는 아라베스크 문양 같은 세상인지도 모른다.

그렇다 해도 사랑은 번번이 축복이다

아무리 그것이 그렇다 해도 사랑은 번번이 축복이다. 까닭 없이 안타깝고 구슬프다 해도 사랑은 번번이 감사다. 자기가 누군가를 사랑하고 있다는 것을 아는 것보다 더 행복하고 가슴 벅찬 일은 없기 때문이다. 누군가로부터 자기가 관심의 대상이 된다는 것보다 더 가슴 따뜻하고 고마운 일은 없기 때문이다.

사랑이 비록 거짓말이요 순간이요 허황된 꿈일지라도 사랑을 가슴에 품고 인간은 맘껏 꿈꾸고 맘껏 거짓말하고 맘껏 기뻐하고 맘껏 행복해질 일이다. 사랑은 순간적으로 인간을 완전하게 만들어준다. 신도 이런 점에서는 인간을 기꺼이 용납해주실 것이다.

지나간 모든 사랑에게 감사하고 다시 찾아올 모든 사랑에게 또한 경의를 표한다. 사랑이여, 영원하라. 사랑했던 마음이여, 그대 비록 힘겹고 비틀거릴지라도 아름다워라. 누군가의 인생이여, 사랑과 더불어 한없이 작아지고 누추해지겠지만 턱없이 그윽해지고 깊어지고 향기로워질 일이다.

차선의 인생

사람들은 최선을 좋아한다. 무엇이든 자기가 제일 앞자리여야 한다. 제일 잘나야 한다. 칭찬 일변도여야 한다. 그래야 직성이 풀린다. 그런 경향은 최근 우리들에게 더욱 심해진 것같다. 예전엔 그래도 유교적 윤리관에 따라 조절이 가능했었다. 반상(班常)과 같은 사회계층도 존재했겠지만 개인적인 인간관계에 있어서도 장유유서(長幼有序)와 같은 잣대가 있어서 나름대로 질서가 주어졌었다.

그러나 요즘은 아니다. 누구나 앞자리가 아니면 만족하지 못한다. 그것은 자존심으로까지 작용한다. 아이들을 키울 때도 오직 1등만 하라고 부추긴다. 그러니 아이들이 얼마나 고달프겠는가. 실상 1등의 자리는 매우 불안하고 불행하기까지한 자리다. 어찌 2등이나 꼴찌가 없는 1등이 가능하겠는가.

나 자신도 아이들을 키울 때 최선을 다하라고 권유한 사람 가운데 한 사람이다. 그렇지만 대학에 보낼 때만은 차선의 대학이나 학과를 선택해서 보냈다. 최선이란 것이 좋기는 하겠지만 때로는 고달프고 불행하기까지 하다는 걸 충분히 알기 때문이었다. 그 결과, 우리 집 아이들은 비교적 대학 생활을 수월하고 여유롭게 했을뿐더러 자기가 하고 싶은 일들을 두루 경험하면서 졸업하는 것을 보았다.

차선(次善), 차선의 선택이 그렇게 좋은 것이다. 우리네 인생도 늘 최선만을 고집하면서 살 필요는 없다고 본다. 좋기로야 물론 최선이 좋겠지만 때로는 차선으로 만족할 줄 아는 지혜가 필요하다고 본다. 차선에는 최선이 따라가지 못하는 겸손이 있고 말랑말랑함이 있다. 부드러운 여유도 있다. 어쩌면 우리가 진정 행복에 이르는 길은 차선의 선택이나 결과에 만족할 줄 아는 마음이 아닐까 싶다.

시인의 자리

　　우리 인간은 이성적인 존재이기도 하고 감성적인 존재이기도 하다. 학교 교육이나 사회생활에서는 이성적인 능력이 주로 작용하지만 정작 개인생활에서는 감성적인 요소가 더 중요하게 작용을 한다. 행복이나 불행도 감성적인 요소나 조건들이 만들어내는 하나의 무지개에 불과하다.

　　인간의 마음속에 있는 시비(是非)의 마음은 이성적인 마음이고 호오(好惡)의 마음은 감성적인 마음이다. 하지만 보다 강력한 마음은 호오의 마음이다. 일단 시비의 마음은 한 번으로 결판이 난다. 그러나 호오의 마음은 절대로 한 번으로 결판이 나지 않는다. 그만큼 뿌리가 깊은 마음이다.

　　문학 작품으로서 시는 오로지 감성의 마음에 의지하는 인간적 산물이다. 그러므로 시는 사람의 마음을 울려준다. 감동을 준다. 감동은 시가 가져야 할 가장 중요한 자질이요, 요건이다. 감동하게 되면 다이돌핀이라는 호르몬이 우리 몸에서 나온다고 그런다.

다이돌핀. 낯선 이름이지만 이 다이돌핀이란 호르몬은 엔도르핀보다 강력한 호르몬으로 우리를 기쁘게 하고 만족감을 갖게 하여 끝내는 행복감에 이르도록 하는 호르몬이라고 한다. 그렇다면 시를 읽고 시를 사랑하는 일은 인간이 행복해지는 지름길이라고 할 수도 있을 것이다.

인간은 어디까지나 즐거움을 좇는 성향이 있고 이로움을 추구하는 마음이 강하다. 이간의 이기심은 하나의 본성이다. 왜 우리가 시를 좋아하고 시를 읽는가? 시를 읽고 좋아해서 아무런 이득도 되지 않는다면 아무도 시를 좋아하지 않을 것이고 시를 읽지도 않을 것이다.

역시 시도 읽어서 이로움이 있어야 하겠다. 무슨 이로움인가? 현실적이고 물질적인 이로움이 아니다. 그것은 마음의 이로움, 정신의 이로움이다. 마음의 기쁨이요 만족이다. 한 발 더 나간다면 힘겨운 삶에 대한 위로와 응원이다.

'그래, 당신 마음을 내가 알아. 당신은 결코 혼자가 아니야. 당신은 그 힘든 마음이나 어려움에서 헤어나야만 해. 그래, 당신은 충분히 행복해지고 아름다워지고 칭찬받을 자격이 있고 그럴만한 이유가 있어. 내가 그것을 보장하고 내가 그것을 응원할 거야.'

만약 시가 이런 암시를 준다면 누구도 시를 읽지 않을 사람은 없을 것이다. 시를 좋아하고 시를 원하는 사람들은 모두가 이런 필요와 소망으로 시를 가까이하는 것이다. 오늘날 사람들은 의외로 사는 일이 힘들고 지친다고 한다. 우울하고 불행하다고 호소한다.

의기소침하고 소외감, 열등감에 빠져 있는 사람들. 이런 사람들에게 무엇이 위로가 되겠고 무엇이 응원이 되겠는가! 밥이나 옷이나 그런 현실적인 것들만으로는 부족하다. 마음을 다치고 마음이 힘든 데에는 마음의 치료가 있어야 한다.

이런 때 가장 적절하게 동원되어야 할 것은 시다. 쉽게 수긍이 가지 않을 수도 있겠지만 오늘날 세상은 또다시 시의 세기다. 사람들이 그만큼 시를 읽고 싶어 하고 가까이하고 싶어 한다. 왜일까? 심정적으로 시를 필요로 하기 때문이다. 어디선가 이런 문장을 읽은 기억이 있다. '예술이 가난을 건져주지는 못하지만 위로를 해줄 수는 있다.' 시인의 자리, 시의 자리도 바로 그 자리다.

딸에게

딸아, 예전엔 그래도 가끔 너에게 편지글을 썼는데 요즘엔 통 그러지 못했구나. 날마다 번잡한 일에 밀리기도 하지만 직접 만나 이야기하거나 전화나 핸드폰 문자메시지로 의사소통을 하게 되니 굳이 편지글이란 형식을 빌릴 필요성을 느끼지 않았겠지. 그래도 중요한 것들, 마음의 이야기, 특히 감정적인 내용들은 글로서 남기는 것이 지속성도 있고 유리할 것 같아서 정말로 모처럼 너에게 글을 쓴다.

실상 글이란 것은 읽어야 할 특정한 상대방이 있다 해도 우선은 글을 쓰는 사람 자신을 위해서 쓰는 것이다. 글을 쓰면서 스스로 마음을 정리하거나 다잡거나 그러기 위해서 쓴다. 그러니까 글의 일차적 효용이 글 쓰는 자신에게 있고 가장 우선적인 수혜자가 자신이란 것이지. 그렇다. 나는 나 자신을 위해서 이 글을 쓴다.

딸아, 아주 오래전 네가 우리에게로 왔을 때 우리 집은 매우 가난했고 우리 가족의 삶은 곤궁했다. 그렇지만 너는 어려서부터 예뻤고 영특했으며 부모의 말을 잘 들었고 학교생활도 잘했고 공부 또한 다른 애들한테 뒤지지 않게 잘했다. 그래서 너는 엄마와 아빠의 기쁨의 원천이었고 자랑의 일번 항목이었다. 마음속으로 '우리 딸!' 그런 다짐 같은 생각을 늘 놓지 않고 살았을 것이다.

엄마는 그러한 너를 생각하거나 바라볼 때마다 마음이 간질간질하다고 표현하곤 했단다. 그건 아빠한테도 마찬가지지. 네가 있어서 나는 세상의 그 어떤 예쁜 여자를 보아도 마음이 설레지 않았고 그 어떤 꽃을 보아도 너보다는 결코 예쁘지 않았단다. 그래, 나에게도 딸이 있다. 그런 생각을 하면 살아가기 힘든 날에도 용기가 생겼고 가슴이 펴졌고 다리에 힘이 주어졌다.

정말로 나에게 네가 없었다면 세상은 얼마나 썰렁하고 적막하고 답답했을까. 너로 하여 나의 세상은 무채색의 세상에서 유채색의 세상으로 바뀐 것이란다. 실상은 딸도 이 세상

이성의 한 사람이지. 그러나 딸은 보통 이성과는 또 다른 이성이라고 볼 수 있고 이성 너머의 이성이라고 볼 수 있지.

딸아. 너를 생각하기만 하면 가슴속에 끝없이 흐르는 어떠한 미지의 강물을 느끼곤 했었지. 한 번도 가보지 않은 나라의 하늘을 꿈꾸었고 그 하늘의 별이며 구름을 또한 내 것으로 할 수 있었지. 이것은 살아 있는 목숨의 축복. 딸을 통해서 아버지 된 사람들은 진정한 부성의 의미를 깨닫는다고 본다. 이 얼마나 고마운 일이겠느냐.

딸아. 맨발로 거실을 지나는 여자라 해도 너의 맨발과 너의 엄마의 맨발은 영판 다른 맨발이란다. 너의 엄마의 맨발이 그냥 사람의 맨발이고 아낙네의 맨발이라면 너의 맨발은 세상에는 다시없이 어여쁜 맨발이고 꽃송이 같은 맨발이란다. 세상이 바다라면 그 바다 위에 떠서 흐르는 흰 구름 같은 맨발이고 또 그것이 자그만 호수라면 호수 위에 뿌리 내리고 피어난 연꽃송이 같은 맨발이란다.

실상 딸은 누구나 아빠 된 사람에게는 현실이 아니고 하나의 환상이며 동경 같은 존재. 이제 너도 자랄 만큼 자라 성인이 되고 좋은 사람 만나 아내가 되고 이미 엄마가 된 지 오

그렇다 해도 사랑은 번번이 축복이다

래구나. 공부 또한 하고 싶은 만큼 하여 대학에서 학생을 가르치는 선생이 되었구나. 그만큼 세월이 흐른 것인데 흐른 세월 뒤에 감사한 마음과 다행스런 마음이 겹치는구나.

아빠 또한 시 쓰는 사람으로서 모국어로 수없이 많은 시를 썼고 200권도 넘는 책을 내었으니 여한이 없는 인생이라 할 수 있을 것이다. 나이도 이제는 예부터 드문 나이라는 여든을 넘겼으니 세상에 남을 날이 많지 않음을 느낀다. 언젠가 몸과 마음의 끈을 놓으면 이 세상을 떠나는 사람이 될 것이다. 생자필멸이라 했으니 그것은 누구도 피할 수 없는 일.

비록 그날이 온다 해도 딸아. 너무 슬퍼하지 말고 힘들어하지 말아라. 아빠에게는 아주 많은 양의 시가 있으니 아빠 대신 시들이 세상에 살아남아 숨 쉴 것이며 네가 있으니 또 너를 통해 아빠는 여전히 세상에 살아 있는 사람이 될 것이다. 부모와 자식이 무엇이겠냐? 자식은 부모의 몸과 마음의 일부를 이어받아 부모 대신 계속해서 살아가는 사람으로서 자식이란다.

그렇지만 살아가다가 정말로 힘든 날이 있거나 숨이 막힐 것 같은 날이 있거든 하늘을 올려다보기 바란다. 거기 바람으로 흰 구름으로 달이나 별빛으로 아빠가 너를 내려다보고 있을 것이다. 그때 아빠를 가슴으로 맞아 생각해주기 바란다. 길을 가다가 만나는 새소리 하나, 길가에 피어 있는 풀꽃 한 송이 속에도 아빠의 마음은 살아 있을 것이다.

인생은 누구에게나 힘들고 고달픈 것. 고난의 날들. 그러기에 서로의 위로가 필요하다. 도움이 필요하다. 아무리 힘든 날이라도 나보다 더 힘든 사람이 있다고 생각하거나 내 곁에 누군가가 함께 가는 사람이 있다고 생각하면 조금쯤 그 힘겨움과 고달픔은 가벼워질 것이다. 딸아, 어떠한 순간에도 네 곁에 아빠가 있고 엄마가 있다는 것을 잊지 말아라. 딸아. 고달픈 인생길, 끝까지 우리 함께 견디자.

그렇다 해도 사랑은 번번이 축복이다

나는 오늘 안녕한가?

가끔은 나에게 인사를 하고

안부를 묻기도 할 일이다.

마흔에게

초판 1쇄 인쇄 2025년 2월 7일 | 초판 1쇄 발행 2025년 2월 19일

지은이 나태주

펴낸이 신광수
출판사업본부장 강윤구 | 출판개발실장 위귀영
단행본팀 김혜연, 정혜리, 조기준, 조문채
출판디자인팀 최진아, 김리안 | 저작권 김마이, 이아람
출판사업팀 이용복, 민현기, 우광일, 김선영, 이강원, 신지애, 허성배, 정유, 정슬기,
정재욱, 박세화, 김종민, 정영묵, 전지현
출판지원파트 이형배, 이주연, 이우성, 전효정, 장현우

펴낸곳 (주)미래엔 | 등록 1950년 11월 1일(제16-67호)
주소 06532 서울특별시 서초구 신반포로 321
미래엔 고객센터 1800-8890
팩스 (02)541-8249 | 이메일 bookfolio@mirae-n.com
홈페이지 www.mirae-n.com

© 2025 나태주

ISBN 979-11-7347-098-1 03810